OX | d/18 | AB 21
CO 9/22 | DS
HE 3/23 | K

CU00968787

To renew this book, phone 0845 1202811 or visit
our website at www.libcat.oxfordshire.gov.uk
(for both options you will need your library PIN
number available from your library),
or contact any Oxfordshire library

OXFORDSHIRE
COUNTY COUNCIL

L017-64 (01/13)

LES ROSES SONT ÉTERNELLES

Françoise Bourdon a été enseignante avant de se consacrer à l'écriture, sa passion de toujours. Férue d'histoire et de littérature, elle fait revivre dans ses livres les métiers oubliés et les vies quotidiennes d'autrefois. Elle réside à Nyons et a choisi pour cadre de ses derniers romans sa Provence d'adoption.

FRANÇOISE BOURDON

Les roses sont éternelles

CALMANN-LÉVY

© Éditions Calmann-Lévy, 2016.
ISBN : 978-2-253-07103-7 – 1ʳᵉ publication LGF

À Patricia, de l'association
Les Non-Voyants et leurs Drôles de Machines,
qui m'a parlé des ravioles de sa maman
avec un enthousiasme communicatif.

« C'est la nuit qu'il est beau de croire
à la lumière. »

Edmond Rostand,
Chantecler

LE TEMPS DES VIOLETTES

1804

Chaque matin, lorsqu'elle ouvrait les contrevents protégeant sa chambre des ardeurs du soleil ou des rigueurs du froid, Aurélie jetait un regard empreint d'admiration et de fierté au géant de Provence, le Ventoux, qu'elle apercevait de sa chambre.

La pièce réservée à la jeune fille se trouvait au deuxième étage de la maison tout en hauteur des Legendre. C'était son refuge, l'endroit où elle pouvait rêver à loisir, s'évader, lorsque le manque de Prudence était trop lourd.

Au fur et à mesure qu'elle grandissait, l'adolescente souffrait de n'avoir pratiquement pas connu sa mère. Prudence était morte d'un flux de ventre – une fausse couche, en fait – alors que l'enfant n'avait pas deux ans.

Terrassé par le chagrin, Charles Legendre avait appelé sa belle-sœur, Tempérance, pour venir tenir son foyer et s'occuper de la petite Aurélie.

Robuste veuve âgée d'une trentaine d'années, Tempérance s'était dévouée sans compter auprès du père et de la fille, qu'elle considérait comme sa propre enfant.

Aurélie ressemblait de plus en plus à sa mère. Grande, mince, les cheveux fauves, les yeux bleu foncé, elle avait aussi le timbre de voix de Prudence, légèrement voilé. Cependant, elle donnait l'impression d'avoir un caractère mieux trempé. Aurélie savait ce qu'elle voulait faire de sa vie, et son père n'était pas prêt à l'accepter. Le serait-il jamais, d'ailleurs ?

Hochant la tête, Tempérance secoua la farine de ses mains au-dessus du plateau de bois patiné de la table et entreprit de pétrir son pâton.

Elle avait des gestes précis et amples révélant combien ce travail lui était familier. Confectionner leur pain constituait pour elle un acte d'amour.

Aurélie s'approcha d'elle et noua les bras autour de son cou.

— Déjà au travail, ma tante ?

— L'ouvrage n'attend pas, petite. Ton père est descendu à l'atelier quand sept heures sonnaient. Il faudra que tu livres tantôt son coffret à madame Risoul.

On disait souvent dans le pays que Charles Legendre avait de l'or dans les mains. Ébéniste, il avait appris son métier en apprentissage à Avignon et fini par dépasser son maître.

Aurélie alla se débarbouiller dans le petit cabinet où se trouvait un meuble de toilette surmonté d'une cuvette et d'un broc en faïence de Moustiers. Elle revint ensuite dans la salle, but son bol de soupe debout, sous l'œil intéressé de Grisette, sa chatte.

Elle alla laver son bol, l'essuya avec soin et le rangea sur l'étagère de l'escudelié[1] réservée à cet effet.

« Tu iras faire tremper le linge dans la lessiveuse », reprit Tempérance, soucieuse de ne pas laisser sa nièce succomber à l'oisiveté.

La bugade était affaire sérieuse ! Et il convenait de s'en acquitter aux beaux jours. Durant l'hiver, en effet, on entreposait le linge sale au grenier avant de le décrasser dès le retour du printemps. Même si la tâche était longue et fastidieuse, Aurélie préférait la bugade au ménage. Tempérance était exigeante et donnait l'exemple. Ménagère accomplie, elle savait tout faire, aussi bien la cuisine que la couture, le raccommodage, la broderie… Première levée, dernière couchée, elle avait l'œil à tout dans cette maison qu'elle menait comme si elle était la sienne. Mais ce n'était pas sa maison, se disait-elle parfois, en éprouvant un pincement au cœur. Elle avait quitté sans trop de regrets la ferme criant misère où son mari était mort, au retour d'un soir de beuverie. Elle s'était

---

1. Meuble à poterie.

un peu fait prier, pour ne pas perdre la face aux yeux de son beau-frère, mais tous deux savaient qu'ils avaient besoin l'un de l'autre. Jeune veuve sans ressources, Tempérance avait vendu la ferme pour venir s'installer à La Roque.

La petite ville, ceinte de remparts, s'enroulait en colimaçon autour de l'église et du beffroi à campanile. Elle y avait vite trouvé sa place. Elle préférait vivre en ville plutôt qu'à la campagne. Elle retrouvait des voisines à l'église, à présent que le Concordat avait déclaré, en 1801, le catholicisme « religion de la grande majorité des Français ».

Tempérance se rendait à l'ouvroir une fois la semaine, se dévouant pour les pauvres de la paroisse. Aurélie l'accompagnait de temps à autre, bien qu'elle n'ait guère de dispositions pour la couture ou la broderie. Aurélie se passionnait pour le dessin, ce qui irritait sa tante.

« À quoi cela peut-il bien te servir ? » lui répétait-elle.

Aurélie ne répondait pas, elle poursuivait son rêve. Fabien seul le partageait. Fabien, son meilleur ami. Enfants, ils avaient joué sur les remparts, au pied du château, écouté les histoires de la vieille Vinciane, à la veillée, rêvé de voyages et de liberté.

La mère de Fabien, Désirée Carat, trouvait à redire à leur complicité. Il fallait reconnaître que la bugadière n'avait pas la vie facile. Veuve, trente-cinq ans, avec quatre petits, elle avait dû travailler dur pour rembourser les dettes de son époux et élever ses enfants. Fabien, l'aîné, la secondait. Il s'embauchait dans les fermes et les travaux les plus rudes ne le rebutaient pas.

Il traçait son chemin, obsédé par un but à atteindre. Mais, pour ce faire, il devrait déjà établir ses deux sœurs et son petit frère. Parfois, il se disait qu'il n'y parviendrait jamais, c'était trop d'ambition et puis, il se raisonnait. L'époque n'était-elle pas propice aux revirements de situation ? Le vieil avocat qui avait donné des cours de géométrie et de latin à Fabien lui avait fait connaître Montesquieu, Voltaire et Rousseau. « Les Lumières du XVIIIe siècle repousseront, loin, les ténèbres », aimait-il à lui répéter. Fabien acquiesçait, tout en se demandant comment diable il pourrait aider sa mère à s'acquitter du loyer. L'argent était un problème récurrent chez les Carat et, le plus souvent, ils mangeaient le soir leur soupe claire.

« Si seulement ton père n'avait pas bu tout ce qu'il gagnait ! » s'était lamentée un soir Désirée.

Elle n'avait plus jamais évoqué ce sujet. Florestan, le père, devait rester intouchable. Même si Fabien ne se faisait plus guère d'illusions à son sujet, il n'avait pas envie d'embarrasser ou de contrarier sa mère. Désirée travaillait sans répit pour assurer le quotidien des siens.

Fabien se refusait à raviver chez elle de douloureux souvenirs.

Il soupira. À dix-neuf ans, il avait parfois l'impression que de trop lourdes responsabilités l'empêchaient de vivre à sa guise. N'était-ce pas la règle ?

Il rêvait d'épouser Aurélie. Il avait toujours su, lui semblait-il, qu'ils étaient faits l'un pour l'autre. Encore lui fallait-il se déclarer ! Elle était belle et vive, seize ans à peine, un corps souple et élancé, des yeux d'un bleu profond, un minois piqueté de taches de rousseur, une bouche aux lèvres pulpeuses, et des cheveux couleur de flamme, qui s'échappaient de son bonnet. « Une rouquine… quelle calamité ! » maugréait sa mère lorsqu'elle croisait le chemin de la jeune fille.

D'abord, corrigeait Fabien, Aurélie n'était pas vraiment rousse. Sa chevelure évoquait de l'or porté à incandescence.

« De la graine de sorcière ! » grommelait Désirée.

À croire qu'elle avait tout deviné du penchant de son fils aîné ! En effet, elle qui était plutôt portée à l'indulgence vis-à-vis de son prochain, n'avait pas de mots assez durs pour stigmatiser Aurélie. À l'entendre, la jeune fille était trop gâtée, mal élevée et, surtout, risquait de porter malheur. De quoi douter du bon sens maternel ! se disait Fabien, choqué par ces croyances d'un autre âge.

Heureusement, maître Terence, son vieil ami avocat, contrebalançait l'influence de Désirée et répétait à Fabien la citation de Voltaire suivant laquelle « la superstition était à la religion ce que l'astrologie était à l'astronomie, la fille très folle d'une mère très sage ».

Fabien sourit. Il était bien décidé à épouser Aurélie, que cela plaise ou non à sa mère.

1805

Le cœur lourd, Désirée Carat s'activait, penchée au-dessus de sa planche, au bord de la Sorgue.

Mouiller le linge, verser dessus des cendres, ou bien le faire tremper dans une infusion de saponaire pour les vêtements les plus fragiles, frotter, rincer, encore et encore, à l'eau si claire de la Sorgue… autant de gestes familiers, répétés à l'envi, qui lui permettaient de gagner son pain.

Lorsqu'elle s'était mariée, Florestan Carat lui avait promis : « Bugadière… ce n'est pas un métier pour toi. Tu t'occuperas de nos petits plutôt que de laver le linge sale des bourgeois ! »

Mais les promesses de Florestan n'avaient pas résisté à son amour du jeu et de la boisson. À jeun, il était le plus charmant des époux pour se transformer, sous l'effet du vin ou de la mauvaise eau-de-vie, en un personnage violent et grossier.

« Pardonne-moi », la suppliait-il lorsque, dégrisé, il mesurait à quel point il s'était montré odieux. Au bout de dix ans de mariage, Désirée n'accordait plus le moindre crédit à ses serments et aurait tout fait pour lui échapper. Mais, comme le lui avait fait remarquer le père Pascal, prêtre réfractaire à peine sorti de sa cachette depuis le 9 thermidor, Florestan et elle étaient mariés pour la vie. Aussi, Désirée s'était-elle résignée jusqu'à cette nuit de décembre où l'époux était tombé dans la Sorgue au retour d'une soirée bien arrosée.

Elle frotta un peu plus fort sur le col de la chemise du maire. Dix ans après, elle n'avait toujours pas accepté l'idée que Florestan soit mort de façon aussi stupide. Il avait des capacités, pourtant ! Une belle voix de basse qui vous faisait courir des frissons le long des bras, un talent certain pour travailler la terre, en suivant les conseils des ancêtres dans les vieux almanachs, le goût de la chasse… Avec cela bel homme, grand, plus de sept pouces, bien bâti et le sourire aux lèvres. Même si elle avait maudit ses faiblesses, Désirée n'avait pu l'oublier et ne s'était pas remariée, malgré les sollicitations de plusieurs prétendants sérieux…

Elle sortit la chemise du baquet, la secoua, la rinça une nouvelle fois dans l'eau si douce de la Sorgue. Elle aimait toujours ce moment où elle constatait la qualité de son ouvrage. Quatre, cinq chemises. Et des caracos en coton, d'autres en soie, des chemises de femme volantées, des jupons… du beau linge, l'apanage des familles aisées.

Ses pensées filaient, tandis qu'elle frottait, rinçait, après avoir vérifié que les pièces de linge étaient parfaitement propres.

« Pourvu que… » se dit-elle.

Fabien, son aîné, son préféré, avait dû se rendre à Avignon pour répondre à la convocation de la Commission militaire. Il était parti la veille afin de parcourir les trois lieues le séparant de la Ville des Papes. Or, Désirée avait beau se répéter qu'il était soutien de famille, elle avait peur.

Il fallait dire que l'ancien capitaine Bonaparte, qui était venu traîner ses bottes du côté de Toulon, de Beaucaire et de Valence, avait une fâcheuse tendance à déclarer la guerre à l'Europe tout entière ! Et Désirée n'avait pas envie de voir son aîné se battre aux frontières de l'Empire.

Elle plia méthodiquement le linge rincé dans la panière en osier, la plaça sur sa hanche et regagna à pas mesurés le logis du maire. Étendue sur le pré, sa lessive fleurerait bon le frais et le propre lorsqu'elle la ramasserait.

Satisfaite, Désirée se dit que les choses allaient s'arranger. La journée était si belle…

Soulagé d'avoir retrouvé un ancien collègue de moisson, Laborel, Fabien s'efforçait de ne pas laisser voir son inquiétude.

Plusieurs jeunes gens de vingt ans étaient, tout comme lui, rassemblés dans une salle du palais des Papes. L'édifice avait subi de nombreuses transformations depuis la glorieuse époque où la papauté résidait en Avignon.

Fabien savait que sa mère, tout comme Aurélie, devait être en train de prier afin qu'il échappe à la conscription. S'il les comprenait, il était cependant partagé. En effet, il pesait sur les réformés une suspicion de tare physique.

« Ne t'inquiète pas, je sais que tu es beau garçon ! » lui avait dit la veille Aurélie.

Il avait osé lui faire sa déclaration le premier jour du mois de mai, et elle s'était nichée dans ses bras.

— Je rêve de t'épouser moi aussi, mais… crois-tu que ta mère sera d'accord ?

Fabien avait haussé les épaules avec insouciance.

— Tu ne te marieras pas avec ma mère. De plus, tu verras, elle n'est pas si terrible. Vous finirez par bien vous entendre, toutes les deux.

Si elle n'avait rien répondu, Aurélie n'avait pas été rassurée pour autant. Elle avait compris depuis longtemps que Désirée Carat ne la portait pas dans son cœur et ne lui laisserait rien passer. Que lui reprochait-elle au juste ? Elle l'ignorait. À moins que madame Carat ne supportât pas, tout bonnement, que Fabien aime la jeune fille ?

Lui était bien éloigné de ce genre d'interrogations ! Il guettait du coin de l'œil le tirage au sort, qui commençait. Bon numéro ? Mauvais numéro ? Il avait hâte de savoir.

Il éprouva un soulagement intense en découvrant qu'il avait tiré un bon numéro de l'urne.

« Ça y est ! pensa-t-il. Nous allons pouvoir nous marier, Aurélie et moi. »

Il imaginait leurs épousailles, dans l'église romane de La Roque, leurs deux familles réunies. La veille de son départ pour Avignon, il lui avait demandé si elle l'attendrait et, en guise de réponse, elle l'avait embrassé. Un baiser un peu timide, qui avait suffi pour que Fabien s'embrase et la serre contre lui avec emportement.

— Je t'aime tant, Lie, ma douce, avait-il chuchoté, retrouvant le tendre diminutif qu'il lui donnait lorsqu'ils étaient enfants.

— Je t'aime, avait-elle soufflé en écho. Pour enchaîner, l'instant d'après, beaucoup plus fort : Je t'aime. Oh ! C'est merveilleux !

Ils étaient jeunes, ils s'aimaient. Comment la vie ne leur serait-elle pas apparue sous les meilleurs auspices ?

On tapa sur l'épaule de Fabien. Il se retourna, se trouva face à face avec un jeune homme de son âge, portant costume sombre et manteau à collet. « Un bourgeois », pensa-t-il.

« Je me demandais… déclara l'inconnu d'une voix bien timbrée. Vous avez tiré un bon numéro, n'est-ce pas ? Que diriez-vous de l'échanger contre le mien ? Pour… disons… cinq mille francs ? »

Cinq mille francs ! Fabien ouvrit la bouche, écarquilla les yeux. La somme était incroyable, de quoi soulager sa mère et voir venir pour les siens sans trop d'inquiétudes. En même temps, il lui faudrait quitter Aurélie, partir à la guerre…

Le voyant indécis, le jeune homme poursuivit : « Six mille. Mes parents ne pourront pas payer plus. »

Six mille francs… L'équivalent d'au moins vingt années de travail d'un journalier. Cette fois, il lui était impossible d'hésiter, se dit-il. Aurélie comprendrait. Sa mère avait trop besoin de cet argent.

Il tapa dans la main de l'inconnu.

« Tope là, l'ami ! »

Leur accord devait être signé devant notaire, lui expliqua le jeune bourgeois. Peu importait à Fabien, qui avait hâte d'en finir, même s'il avait la fort désagréable impression d'avoir signé un pacte avec le diable.

1805

Tempérance servit la daube qui avait longuement mijoté et fit claquer sa langue.

— Désirée Carat ne se tient plus de fierté depuis que son Fabien s'est fait payer pour remplacer un bourgeois, commenta-t-elle, acide.

Son beau-frère fit la moue.

— Comment peut-elle réagir ainsi ? Elle n'a donc pas compris que son fils risquait de se faire tuer ?

Aurélie, les yeux rouges, lança :

— Père, je vous en prie... C'est déjà assez douloureux comme ça. Dire que Fabien avait tiré un bon numéro...

Les jeunes gens s'étaient âprement querellés au retour de l'aîné des Carat. Lui s'était vu contraint d'expliquer son choix. Elle n'avait pas compris. Comment avait-il pu prendre cette décision alors qu'ils venaient de se fiancer ? Fabien estimait que cela ne changerait rien.

« Mais voyons ! avait protesté la jeune fille. Nous serons séparés, on va t'envoyer au diable. Reviendras-tu seulement ? »

Elle avait peur pour lui, pour leur amour. Lui tentait de se convaincre qu'il avait bien agi, en refusant d'admettre qu'Aurélie avait peut-être raison. Désirée n'avait rien dit. Mais elle s'était empressée de ranger en lieu sûr les pièces d'or.

« Ce garçon-là effectue son devoir, c'est tout à son honneur », reprit Charles Legendre.

Au fond de lui, il n'était pas mécontent de voir s'éloigner le fils Carat. Il avait compris depuis longtemps que sa fille avait un faible pour lui. Or, la perspective de cette union ne lui convenait guère. Les Carat étaient sans le sou et le père s'était montré un révolutionnaire notoire. Legendre, lui, était resté monarchiste dans l'âme, même s'il avait dû mettre ses opinions sous le boisseau durant la Terreur. Les affrontements avaient été violents dans le nouveau département du Vaucluse.

Les traces en étaient encore vives. Fort attaché à la religion catholique, Charles Legendre n'avait rien oublié du pillage des églises ou de la destruction des crèches. Statues brisées, objets du culte dérobés, santons brûlés devant l'ancien palais épiscopal de Carpentras, avaient marqué les esprits. Tempérance, de son côté, ne se gênait pas pour vilipender ces « sans Dieu, sans foi », dont faisait partie la famille Carat. Dans ce contexte,

Aurélie mesurait combien il serait difficile de convaincre les siens que Fabien constituait le meilleur parti pour elle.

Il était parti le matin même, sans passer lui dire au revoir. La veille elle l'avait accusé d'avoir sacrifié leur amour à sa famille et il n'avait rien trouvé à répondre. Avait-il réalisé – trop tard, fatalement – qu'il avait eu tort de s'emballer ? Tel qu'elle le connaissait, elle savait qu'il ne le reconnaîtrait jamais. Comment le lui reprocher ? Elle l'aimait aussi parce qu'il avait du caractère. Mais, désormais, elle vivrait dans l'angoisse.

— Mange donc ! l'exhorta sa tante. Tu n'as même pas touché à ton assiette.

Aurélie soupira.

— C'est que je n'ai guère faim, ma tante.

— Il faut manger quand ton assiette est pleine, gronda son père. Les temps sont durs, petite. Nous ignorons de quoi demain sera fait.

Alertée par le ton désabusé de son père, elle releva brusquement la tête. Charles Legendre lui parut soudain vieilli.

Elle lui sourit.

— Tout va comme vous le souhaitez, père ?

Il exhala un long soupir.

— Mon Dieu… cela irait mieux si j'avais un peu plus d'ouvrage ! L'argent fait défaut et le Corse veut mener la guerre sur tous les fronts.

Il y avait un abîme de mépris dans la voix de Charles Legendre lorsqu'il disait « le Corse ».

Tempérance, qui servait une seconde fois son beau-frère, suspendit son geste.

— L'argent manque, Charles, et l'hiver est rude. Il hocha la tête.

— Ce maudit blocus nous empoisonne. On raconte d'ailleurs que certains proches du soi-disant empereur ne se gênent pas pour recourir à la contrebande ! Alors que nous, pauvres gens, ne pouvons compter que sur notre travail.

Navrée, Aurélie eut l'impression de découvrir les traits tirés de son père.

— Les affaires reprendront bientôt, suggéra-t-elle, pleine d'espoir.

— Le Ciel t'entende, ma fille ! Pour ma part, je ne me fais guère d'illusions.

Napoléon allait bien cesser de faire la guerre à toute l'Europe ! se dit-elle avec lassitude.

Elle désirait retrouver Fabien, le plus vite possible !

Charles Legendre haussa les épaules, comme pour chasser le découragement qui s'était emparé de lui.

— Allons, parle-nous plutôt de tes dessins, Aurélie. Es-tu satisfaite de ta journée ?

Elle décrivit ses réalisations et son père sourit.

Il savait que la jeune fille, passionnée par l'art, rêvait de donner vie à des figurines, appelées aussi santons. Cette passion lui venait de l'enfance, et elle fréquentait l'atelier de Silvère, le figuriste, situé au pied de la Tour.

« Ce n'est pas un travail de femme », avait critiqué Tempérance, en faisant la moue, mais Charles ne s'était pas laissé impressionner par sa belle-sœur.

« Nous ne savons même pas si Aurélie pourra en faire son métier, avait-il temporisé. Laissez-lui l'occasion de réaliser ses premiers pas, nous aviserons par la suite. »

Silvère avait la gentillesse de convier régulièrement la jeune fille dans son atelier.

« Pardi ! maugréait Tempérance, décidément incorrigible. Il s'est trouvé une apprentie à bon compte ! »

De nouveau, Charles se demanda combien de temps encore il pourrait maintenir sa menuiserie. Plusieurs impayés risquaient de causer sa perte. De pauvres gens acculés à la misère suite au décès du père, ou à la maladie. Il avait souvent accordé crédit, et se le reprochait. Qui lui viendrait en aide, à présent ?

Ses deux plus jeunes enfants couchés, Désirée Carat veillait en compagnie de sa fille Pauline. Toutes deux tricotaient auprès de la cheminée. Grâce à l'argent de Fabien, la mère avait pu acheter du bois, des vêtements chauds, et du lard pour sa soupe. Cependant, elle ne cessait de s'inquiéter au sujet de son aîné. N'avait-il pas tenté le sort en se faisant racheter son bon numéro ?

Pauline se pencha vers elle et lui tapota la main.

— Ne vous tourmentez pas trop, mère. Fabien est en bonne santé, il nous reviendra.

— J'aimerais tant... !

Désirée poussa un long soupir.

— Tu verras, ma grande, quand tu seras mariée à ton tour... On désire le meilleur pour ses enfants, et l'on se sent si impuissant !

— L'empereur saura récompenser les braves qui se battent pour sa gloire.

— Oh ! Tout empereur qu'il est, il reste un homme, fit Désirée, peu encline à l'indulgence. Il est monté au plus haut bien vite, sa chute risque d'être encore plus rapide.

Elle appartenait au monde paysan, assez facilement résigné, et se demandait avec inquiétude où son ambition mènerait Napoléon. Elle rangea son ouvrage dans le coffre, caressa presque furtivement le chat.

— Allons nous coucher, ma fille, décida-t-elle.

Au-dehors, le ciel était piqueté d'étoiles.

1806

Il faisait bon dans la salle, d'autant qu'Aurélie s'affairait à repasser le linge de la maisonnée. Blouses en chanvre et en lin pour son père, caracos en percale et jupons en basin pour Tempérance et elle.

Elle apportait tout son soin aux coiffes qui protégeaient leur chevelure. Toutes deux portaient la coiffe à la grecque, la plus seyante aux dires de Tempérance.

Veuve, celle-ci nouait sous le menton les vetos, les attaches de percale, tandis qu'Aurélie les laissait flotter le long de son visage. Elle s'arrangeait aussi pour repousser un peu la coiffe en arrière afin de laisser voir ses cheveux fauves partagés par une raie médiane. Elle observait son reflet à la dérobée dans l'unique miroir de la maison, placé dans la chambre de ses parents. Charles grommelait.

« Ne sais-tu pas comme tu es jolie ? Les jeunes du pays doivent te faire des compliments. »

Elle ne les écoutait pas. Un seul comptait pour elle. Fabien. Et il avait résolu de partir, tout en prétendant l'aimer. Quel lâche !

Le feu aux joues, elle posa son fer sur le potager, vérifia les braises placées à l'intérieur, soupira.

Plus d'un an après son départ, il lui manquait toujours autant. Elle ne pouvait quémander de ses nouvelles auprès de sa mère, Désirée Carat l'ignorant avec obstination. Comme si Aurélie n'avait pas été assez bien pour son fils ! L'attitude de la bugadière ulcérait la jeune fille.

Peste ! Les Carat n'étaient tout de même pas sortis de la cuisse de Jupiter !

Pourquoi Fabien ne lui avait-il jamais écrit ? L'avait-il déjà oubliée, comme le prétendait Tempérance ?

— Tu ferais mieux de regarder autour de toi, lui répétait sa tante. Maître Martin te dévore des yeux chaque dimanche, à la sortie de la messe.

— Il a au moins quarante ans ! s'était insurgée Aurélie.

Le notaire avait des biens. Une maison située sur le tour de ville, deux fermes et autant de logements à Avignon.

« Il a bien mené sa barque », chuchotaient les commères sur son passage.

On racontait aussi qu'il avait su bénéficier de la Révolution et de la vente de biens nationaux.

Le notaire n'avait pas cherché à dissimuler ses convictions républicaines. Il avait repris le chemin de l'église, cependant, depuis la signature du Concordat, certainement pour ne pas choquer ses clients les plus conservateurs, mais il ne s'y rendait que le dimanche.

Si Aurélie avait remarqué les coups d'œil jetés dans sa direction, elle n'y avait pas vraiment prêté attention. Pour elle, maître Martin était un homme mûr, de l'âge de son père !

« Et il a enterré sa pauvre mère l'an passé, le Seigneur l'ait en sa sainte grâce ! » poursuivit Tempérance.

Comme Aurélie haussait le sourcil, elle expliqua : « De cette manière, celle qui l'épousera n'aura pas à supporter une belle-mère ! »

Prudente, la jeune fille fit celle qui n'avait pas compris. Que croyait donc sa tante ? Qu'elle allait se laisser convaincre d'épouser le notaire quadragénaire ? Elle la connaissait bien mal !

Aurélie rangea le linge repassé dans l'armoire imposante fabriquée par son père avant son mariage. C'était un meuble en noyer, le bois le plus souvent utilisé en Provence. Quand elle observait les colombes sculptées ornant la corniche, ainsi que la plinthe du bas, Aurélie songeait à Prudence et à Charles, ses parents, qui s'étaient aimés. Elle ne se rappelait pas sa mère, se souvenant seulement d'une main douce lui effleurant les cheveux, mais peut-être l'avait-elle rêvée… Son père n'avait jamais cherché à refaire sa vie.

Refermé sur lui-même, il menait une vie monotone entre son atelier et sa maison. Rentré chez lui, il se plongeait dans les livres de sa bibliothèque, héritée d'un grand-oncle curé.

Aurélie se disait parfois que son père aurait dû vivre à une autre époque, sous l'Ancien Régime. Mais ils n'appartenaient pas à la noblesse, ni à la bourgeoisie. Ils étaient une famille de petits artisans qui peinaient à gagner de quoi vivre. De petites gens comme il y en avait tant, tiraillés entre les idées révolutionnaires et leur foi profonde.

« Le Provençal est catholique ! » aimait à répéter Charles Legendre.

Aurélie comprenait ce qu'il voulait dire. Élevée dans la foi de ses ancêtres, elle aussi était attachée aux offices comme aux traditions qui ponctuaient l'année.

De nouveau, elle songea à Fabien et, une nouvelle fois, se demanda pourquoi il ne lui avait jamais écrit. Certes, ils s'étaient querellés la veille de son départ, mais ce n'était pas la première fois !

« Il aura voulu vivre sa vie, ne pas s'embarrasser d'une fiancée », lui avait dit Tempérance, et c'était certainement l'explication, même si elle ne correspondait pas à l'idée qu'elle se faisait de Fabien. Mais n'avait-il pas changé, ces dernières années ?

Elle secoua la tête, se pencha pour saisir Grisette qui se dirigeait discrètement vers le lit.

— Pas de ça, ma belle ! fit Aurélie, en la ramenant dans la salle et en fermant la porte derrière elle.

C'était Fabien qui lui avait offert la petite chatte cinq ans auparavant. Elle devait être âgée d'un mois à peine, et Aurélie l'avait nourrie en lui faisant lécher son doigt recouvert de lait. Depuis, Grisette et elle étaient inséparables.

De retour dans la salle, la jeune fille entreprit de préparer le repas du soir, un tian fait d'épinards, de bettes, de persil et de pourpier. Après l'avoir assaisonné avec du sel, du poivre et de l'ail, elle y avait jeté de la morue, puis avait versé dessus du lait, de l'huile et des œufs. Elle le mit à cuire au four après l'avoir décoré de rondelles d'œufs durs, saupoudré de fromage et de miettes de pain.

Sa tante avait rejoint les dames de l'ouvroir. Les langues devaient s'activer aussi vite que les aiguilles à tricoter ! Brusquement, le manque de Fabien parut insupportable à Aurélie. Où était-il ? Était-il seulement encore en vie ? Le doute et l'angoisse la rongeaient. N'y tenant plus, elle décida de se rendre chez les Carat. Après tout, Désirée n'avait rien à lui reprocher, se dit-elle pour se rassurer.

Elle prit une bonne quantité des brassadeaux que Tempérance avait confectionnés le matin même, les emballa dans un torchon propre, qu'elle disposa dans un panier.

Le jour commençait à décroître quand Aurélie s'engagea dans la rue. Elle aimait sa petite ville, assez calme à cette heure. On se « renfermait » l'hiver. La bise remontait la rue Grande en enfilade. Aurélie releva le col de sa mante en velours doublé de coton et pressa le pas.

La maison des Carat était située à la sortie de La Roque. Désirée avait un poulailler et une soue à cochon. Sa demeure aurait eu besoin d'un bon coup de propre, pensa Aurélie, en pénétrant dans la salle aux murs et au plafond noircis sur l'invite de la maîtresse de maison.

Si celle-ci parut surprise de la voir à sa porte, elle accueillit cependant la jeune fille poliment.

— Bonsoir, Aurélie. Tu n'as pas peur de sortir par ce froid ?

— Bonsoir, madame Carat. Je voulais juste vous apporter ces brassadeaux de la part de ma tante.

Désirée haussa les sourcils.

— Vraiment ? Tu la remercieras bien pour moi. Laisse, je vais te rendre ton linge et ton panier. Comment va ton père ?

— Bien, madame Carat, je vous remercie. Et chez vous ?

La bugadière lui décocha un coup d'œil acéré.

« Ah ! Voilà donc pourquoi tu es venue », signifiait ce coup d'œil.

— Ma foi… répondit-elle, les jumeaux ont souffert d'une mauvaise fièvre mais ils vont beaucoup mieux grâce aux infusions de la vieille Roberta. Pauline est vaillante et m'aide bien.

Elle s'interrompit.

— Reste Fabien, glissa Aurélie, mine de rien.

Les deux femmes s'entre-regardèrent. À cet instant, leur inimitié se fit palpable. Désirée s'assit à la table sans inviter Aurélie à l'imiter.

— Fabien n'est pas pour toi, laissa-t-elle tomber froidement. Lui et toi appartenez à des mondes si différents. Mon garçon, quand il reviendra, aura besoin d'une femme solide, capable de l'aider aux travaux de la ferme. Toi, tu ressembles à ton père, toujours la tête dans vos livres. Regarde-toi… tu es menue et fragile.

— C'est injuste ! protesta la jeune fille. Je n'ai jamais rechigné à effectuer ma part d'ouvrage. De plus, le fait que nous nous aimions, Fabien et moi, nous concerne, nous et personne d'autre.

— Ah oui ? Belle conception du respect dû aux parents ! ironisa Désirée.

Elle se leva lourdement après avoir pris appui sur la table.

— Brisons là, ma fille, nous ne nous aimons guère, toi et moi, et je ne pense pas que cela changera un jour. Mon fils est parti défendre son pays. Il t'a déjà oubliée, sois-en certaine. De toute façon, tu n'étais pas pour lui, et il n'était pas pour toi.

Elle émit un petit claquement de langue.

— Bon vent, ma fille ! reprit-elle, ouvrant grand la porte.

Profondément blessée, humiliée, Aurélie s'en fut après l'avoir gratifiée d'un bref signe de tête.

Dans la rue, elle se mit à courir vers la maison de son père. Haletante, en larmes, elle poussa la porte, posa son panier et se réfugia dans sa chambre sous le regard étonné de Tempérance.

« Oh… Fabien ! Pourquoi m'as-tu abandonnée ? » sanglota-t-elle.

Tous les hommes du village suivaient le corbillard tandis que les cloches de l'église appelaient au rassemblement.

Le vieux Tiennot, l'ancêtre de La Roque, venait de mourir et chaque habitant avait l'impression d'avoir perdu un être cher. Cependant, suivant une tradition ancienne remontant au Moyen Âge, les femmes n'étaient pas admises derrière le convoi funéraire. Elles le précédaient, en compagnie de la vieille Maria, qui portait une lanterne éteinte.

Tiennot était une figure de La Roque. Né en 1715, l'année de la mort du vieux roi Louis XIV, il pouvait vous énumérer la plupart des événements survenus durant le XVIIIᵉ siècle.

Aurélie avait de la peine, parce qu'elle aimait à lui tenir compagnie, en l'écoutant raconter ses souvenirs. Encore bon pied bon œil à quatre-vingt-onze ans, il était tombé d'un coup, à la fin d'un bon repas, ce qui faisait dire à ses amis qu'il était mort comme il avait vécu, en bon compagnon. Tiennot avait déjà enterré depuis longtemps sa femme, son fils, sa bru, ainsi que plusieurs petits-enfants. Il ne lui restait que Tiburce, un descendant un peu simplet, qui ne comprenait pas trop bien ce qui se passait. Émue, Tempérance l'avait invité à partager leur souper, mais Tiburce s'obstinait à demeurer dans la maison de l'aïeul.

— C'est bien triste, tout ça, commenta Charles Legendre, le soir venu, en tranchant le pain.

— Cher beau-frère, permettez-moi de vous faire remarquer que le Tiennot avait fait son temps, glissa Tempérance. Quatre-vingt-onze ans… tout le monde ne peut espérer atteindre cet âge vénérable, en ayant gardé toute sa tête, de surcroît. Imaginez-vous… ?

Elle s'interrompit et, l'espace d'un instant, l'ombre de Prudence flotta dans la salle. Sa sœur avait versé dans les assiettes creuses la soupe aux herbes et chacun savourait le potage chaud.

« Nous sommes peu de chose », reprit le menuisier, et Aurélie réprima une furieuse envie de hurler. C'était si… convenu ! Le défilé, au cimetière, devant un Tiburce qui ne comprenait pas grand-chose, les bonnes âmes qui arboraient des mines empreintes de compassion mais vous brocardaient allègrement dès que vous leur aviez tourné le dos, la pluie qui collait les feuilles mortes au sol… Une triste journée, en vérité, qui lui laissait un goût amer dans la bouche.

Elle ne parvenait pas à se remettre de son explication avec Désirée Carat. Elle n'en avait pas soufflé mot aux siens car elle se doutait qu'ils n'auraient pas compris. Pour eux, Fabien ne constituait pas un parti intéressant. « De la graine de révolutionnaire ! » aurait dit son père. Et Tempérance d'ajouter : « Nous n'appartenons pas au même monde. La veuve Carat est retournée à la messe car elle avait besoin de l'aide du père Pascal, mais tout le monde sait qu'il y a douze ans, c'était encore une maison où l'on n'aurait même pas fait une prière ! » Cela importait peu à Aurélie. Pour elle, seul Fabien comptait.

Son père paraissait perdu dans ses pensées. Cela lui arrivait de plus en plus fréquemment, mais Aurélie n'y accordait guère d'attention. Elle souffrait et, de ce fait, développait un certain égoïsme.

La tante et la nièce débarrassèrent la table sitôt le souper terminé, tandis que le père lisait le quotidien au coin du feu.

« Père… je crois que je vais me reposer un peu », dit Aurélie après avoir rangé les assiettes.

Elle se sentait lasse et désenchantée. Comme si la mort de Tiennot avait marqué la fin d'une époque. Celle de ses rêves de jeunesse.

Charles Legendre connaissait bien les signes avant-coureurs de ses terribles migraines. Il aurait dû poser ses outils et regagner sa maison, mais il avait pris du retard et redoutait de ne pouvoir livrer à temps l'armoire de mariage commandée. Aussi, serrant les dents sur sa douleur, s'attela-t-il à son ouvrage.

Il travailla sans relâche durant trois bonnes heures, jusqu'à ce qu'il n'y voie pratiquement plus. Vertiges et nausées le submergeaient. Horriblement las, il se leva avec peine, trébucha, se redressa pour regagner son logis.

Il ne vit pas tomber la chandelle. Au petit matin, l'incendie avait ravagé l'atelier du menuisier et tout ce qu'il contenait.

Charles Legendre était ruiné. Et désespéré.

— Tu pourrais quand même au moins accepter de le rencontrer, gronda Tempérance, tout en continuant de faire frire à la poêle le sang du lapin qu'elle venait de tuer.

Aurélie haussa les épaules.

— À quoi bon ? Je sais bien ce que vous attendez, les uns et les autres. Or, je n'ai pas la moindre intention d'épouser Marc-Antoine Martin ! Il pourrait être mon père !

Tempérance crispa les mâchoires.

— Ma petite, laisse-moi te dire que tu es une fieffée égoïste ! Ton père t'a tout donné, jusqu'à une éducation bourgeoise, et tu ne daignes pas lui venir en aide ? Tout cela pourquoi ? Parce que tu espères toujours que Fabien Carat te mariera ? Tu es bien naïve, petite ! Il y a longtemps qu'il t'a oubliée.

Les arguments de sa tante finissaient par ébranler les certitudes d'Aurélie. Il y avait eu les phrases terribles prononcées par Désirée Carat et, à présent, les mises en garde de Tempérance. De plus, Aurélie manquait fondre en larmes chaque fois qu'elle croisait le regard désespéré de son père. Charles Legendre devait des sommes importantes à ses fournisseurs et avait tout perdu. Au fond d'elle-même, la jeune fille se disait qu'elle devrait finir par se résigner, sans parvenir pour autant à le faire.

Sa tante n'avait pas tort dans la mesure où la jeune fille espérait toujours recevoir des nouvelles de Fabien. Alors que lui ne pensait plus à elle depuis longtemps…

Pourtant, l'idée d'épouser le notaire la révoltait. Elle ne l'aimait pas, ne l'aimerait jamais.

Comment Tempérance pouvait-elle lui suggérer cette solution ?

— Je sors, décida-t-elle brusquement.

Elle jeta sa pèlerine sur ses épaules et s'éclipsa.

Dans l'atelier de Silvère, elle réussirait certainement à oublier ses soucis.

Chaque fois qu'elle pénétrait dans le refuge de Silvère le santonnier, Aurélie avait l'impression de trouver un endroit préservé, à l'abri du monde. Pourtant, son vieil ami avait été pris à partie une quinzaine d'années auparavant, alors que les révolutionnaires avaient interdit les crèches.

Il avait continué, cependant, à fabriquer ce qu'on nommait des figurines. Silvère venait de Naples où il avait passé les dix premières années de sa vie.

Aurélie aimait particulièrement le moment où le vieil homme sortait ses œuvres du four. Pour avoir suivi longtemps ses gestes, elle connaissait l'essentiel du métier de santonnier.

« Tu vois, petite, lui avait dit le vieil homme le premier jour, j'ai besoin de peu d'outils, chiffons, grattoirs, spatules… C'est mon cœur qui me guide. »

Elle ne l'avait jamais oublié et, une nouvelle fois, elle éprouva une sensation de réconfort en contemplant le décor de l'atelier. Une douce chaleur y régnait. En tout cas, se dit-elle, il faisait bien meilleur chez Silvère que dans leur maison. Assis à sa table, le santonnier modelait un morceau d'argile humide de ses mains noueuses.

— Assieds-toi, ma fille, et réchauffe tes mains avant de toucher à l'argile, lui recommanda le vieil homme sans se retourner.

— Bonsoir, Silvère. Tu es satisfait de ton travail ?

Il haussa légèrement les épaules.

— Si seulement mes mains voulaient bien encore travailler quelque temps… Vieillir n'est pas gratifiant, Aurélie. Parfois, je me demande pourquoi je m'obstine ainsi.

— Pour me passer le relais, bien sûr. Parce que tu sais que je rêve de créer des santons, moi aussi.

— Qu'en dit ton père ?

— Il ne veut pas m'entendre. De toute manière, il ne s'intéresse plus à rien depuis l'incendie.

— Ton père n'a guère de chance, c'est un fait, et il ne le mérite pas. Mais toi, tu as ta voie à suivre, et tu es douée, ma fille. Cependant, je ne connais pas de femme santonnière. En as-tu conscience ?

La jeune fille secoua la tête avec impatience.

— J'y arriverai, Silvère ! Tu peux me croire.

— Oh ! pour ça, tu as de la suite dans les idées ! Tu n'avais pas six ans que tu venais déjà traîner dans mon atelier. Mais la maîtrise de la technique ne suffit pas. Ton cœur, ton âme, doivent guider tes gestes. Créer des santons, c'est une autre façon de prier.

— Je crois comprendre ce que tu veux dire, acquiesça Aurélie, gravement.

Tandis qu'elle s'affairait aux travaux de la maison, elle imaginait souvent des personnages, une posture, des vêtements… Il lui semblait qu'elle serait capable de les fabriquer. Ses doigts la démangeaient. Cependant, elle avait besoin de l'aval de Silvère.

Il la considéra d'un air dubitatif.

— De plus, tu vas bientôt te marier, à ce qu'il paraît, reprit-il.

La jeune fille tressaillit violemment.

— Qui t'a raconté ça, Silvère ?

Il se troubla, sans pour autant détourner les yeux.

— Ton père m'en a touché quelques mots au début de la semaine. Il semble tenir beaucoup à cette union avec le notaire.

— Mais je ne veux pas, moi, épouser Marc-Antoine ! protesta Aurélie.

La colère le disputait en elle à la crainte. Son père n'accepterait pas son refus, elle en était quasi certaine. Que deviendrait-elle alors ?

Oh ! Pourquoi Fabien ne se manifestait-il pas ? Était-il seulement encore en vie ?

1807

Les cloches de l'église sonnaient à la volée.

Au cours des dernières semaines, Aurélie avait eu l'impression d'être ballottée au gré des événements, sans parvenir à exprimer sa volonté. Elle ne désirait pas se marier avec Marc-Antoine mais ne voyait pas quelle raison valable opposer à son père. Elle n'était pas fiancée, n'avait jamais reçu un seul courrier de Fabien.

Après avoir beaucoup pleuré dans sa chambre, la jeune fille s'était résignée. Que pouvait-elle faire d'autre ? Son père avait besoin de l'argent du notaire pour faire renaître son atelier. Après tout… Marc-Antoine ou un autre ! Puisque, de toute manière, elle n'aimerait jamais que Fabien.

Tempérance avait insisté pour lui offrir une robe digne de sa beauté. Cela avait fait sourire Aurélie. Belle, elle, qu'on appelait encore « la rouquine » ? Pourtant, le matin des noces, la jeune fille avait dû convenir avec sa tante que sa toilette était élégante. Sa robe, de couleur verte, marquait bien la poitrine et s'évasait en plis gracieux. Un châle d'indienne ivoire recouvrait ses épaules.

Cela avait-il réellement quelque importance? se demanda-t-elle, le cœur lourd.

Le temps était radieux, le soleil haut dans le ciel faisait chanter les couleurs des façades, crépies de frais en l'honneur du printemps.

Charles Legendre tapota la main de sa fille avant de pénétrer à l'intérieur de l'église décorée de fleurs blanches.

— Tu verras… Marc-Antoine te rendra heureuse, déclara-t-il, mal à l'aise.

Aurélie esquissa un haussement d'épaules.

— Peu m'importe, répondit-elle.

Et c'était vrai.

Tout au long de la cérémonie, elle parut étrangement lointaine, comme détachée. Était-ce bien elle qui avait écouté le sermon du prêtre, qui avait tendu sa main à Marc-Antoine?

Lorsqu'il se pencha pour lui passer la bague au doigt, elle esquissa un léger mouvement de recul et la bague tomba sur le sol. Un murmure parcourut l'assemblée.

« Malheur… » entendit distinctement Aurélie. Elle savait, elle aussi, qu'il s'agissait d'un mauvais présage, et un frisson courut le long de son dos. L'instant d'après, elle eut envie de hausser les épaules. Pouvait-elle, en vérité, être plus malheureuse que ce jour-là ?

Une méchante migraine martela sa tempe gauche durant le déjeuner de noces. Elle n'osait pas regarder du côté de Marc-Antoine. Son mari ! Elle éprouva brutalement une sensation de panique. Comment avait-elle pu se laisser convaincre ? Pourquoi son père et sa tante avaient-ils ainsi fait pression sur elle ?

Les plats se succédèrent. Cochon rôti, poules à profusion, pâté en croûte, salade, civets de lièvre, haricots verts, gâteaux et tartes aux fruits, accompagnés de vins du pays.

— Goûtez au moins à cette volaille, lui suggéra Marc-Antoine. Vous êtes si pâle…

Elle obéit, sans trouver le moindre goût au blanc de poulet qu'il avait déposé dans son assiette. Il effleura sa main de la sienne.

« Mon seul but est de vous rendre heureuse, souffla-t-il. Vous n'avez rien à redouter de moi. »

Elle se détendit légèrement. De quoi était-il coupable ? De l'aimer. Elle suivit dans une brume confuse les chants et les plaisanteries des invités. Il l'entraîna discrètement, alors que la chaleur déclinait un peu.

— Venez, ma chérie.

Son boghei, un élégant cabriolet découvert à deux roues, les attendait derrière l'église.

— Montez. Votre tante a préparé votre bagage. Je vous emmène dans ma retraite. Je n'ai pas envie, en effet, qu'on nous fasse subir les plaisanteries de circonstance.

Soulagée, elle sourit.

— Quelle bonne idée ! Je dois dire que cela me faisait peur.

Elle avait imaginé la famille de Fabien se mêlant aux jeunes du bourg pour la traditionnelle chasse aux mariés. Elle n'aurait pas supporté les plaisanteries grivoises et les sarcasmes. De nouveau, il lui pressa la main.

— C'est à moins d'une lieue, vous ne serez pas trop fatiguée. Un vieux moulin au bord de la Sorgue, qui me vient de mon oncle et parrain. J'ose espérer que l'endroit vous plaira.

Elle fut tout de suite séduite par le charme du lieu.

Il l'aida à descendre du boghei, l'entraîna vers le bâtiment de pierres sèches.

— Vous voici chez vous, ma mie, déclara-t-il, ouvrant la porte d'un geste théâtral.

L'endroit lui parut immense. Une grande salle, meublée de noyer, une cheminée imposante, deux fauteuils paillés.

Il eut la délicatesse de ne pas l'entraîner tout de suite vers la chambre, et elle lui en sut gré.

Il la fit asseoir, l'invita à se débarrasser de sa coiffe.

— Mettez-vous à votre aise, Aurélie. Les chasseurs de mariés ne viendront pas nous chercher ici.

— En êtes-vous certain ?

— Assurément.

Il émanait de toute sa personne l'assurance de l'homme mûr, qui avait du bien.

L'espace d'un instant, Aurélie fut tentée de lui laisser une chance, mais elle pensait si fort à Fabien que ce n'était pas possible. Elle se raidit. Il fallait qu'elle clarifie la situation.

Elle fixa Marc-Antoine.

— Je vous dois la vérité, déclara-t-elle d'une voix tendue. Je ne vous aime pas, je ne vous aimerai jamais. Je ne vous ai épousé que pour venir en aide à mon père.

Il esquissa un sourire.

— Je le sais, Aurélie. Cependant, comme vous venez de le dire, vous m'avez épousé quels que soient vos sentiments. Vous êtes ma femme, désormais.

Elle perdit pied.

— M'avez-vous bien comprise ? Je ne vous aime pas.

— Peu importe. Nous serons heureux, je vous le promets.

C'était un dialogue voué à l'échec, se dit-elle avec une lucidité soudaine. Marc-Antoine refusait de l'entendre. Vaincue, elle baissa la tête.

Elle était bel et bien prise au piège.

Nous avons eu un beau mariage au pays. La petite Legendre s'est mariée avec le notaire. Tu dois t'en souvenir, vous étiez amis lorsque vous étiez enfants. Elle a fait une bonne affaire, le notaire s'est enrichi depuis la Révolution. L'argent va à l'argent, ton père le répétait souvent.

Autrement, nous nous portons assez bien, mon fils. Les enfants grandissent. Pauline m'aide à tenir la maison. Jacques et Sylvie vont encore à l'école pour cette année. Ensuite, ils devront travailler. Jacques aimerait devenir boulanger, Sylvie couturière. Qu'en penses-tu, mon fils?

J'ai acheté une terre avec une partie de ton argent, ainsi qu'un petit troupeau de chèvres.

Pauline s'en occupe. Nous économisons au maximum pour les études des petits. Mais toi, que deviens-tu? Je glane des nouvelles comme je peux, auprès de notre maire. À ce qu'il paraît, l'empereur

et l'armée seraient du côté de la Prusse. Je ne suis
pas assez savante pour situer ce pays-là, mais nous
pensons chaque jour à toi, Fabien. Porte-toi bien.

Ta mère, Désirée Carat

Fabien replia lentement la lettre de Désirée.
Ses mains tremblaient. Il se laissa aller contre le
mur de pierres à l'abri duquel il s'était réfugié
pour lire son courrier et se raidit pour ne pas
pleurer.

— De mauvaises nouvelles, Carat ? fit
Machecoul, un compagnon d'armes.

Fabien secoua la tête.

— Ce n'est rien, un peu le mal du pays.

— Viens avec nous. On va boire une pinte de
bière au village.

— Je vous rejoins, promit-il.

Il s'éloigna à grands pas en direction de la
forêt. Là-bas, il aurait le loisir de se reprendre.
Aurélie mariée ! Cette nouvelle le plongeait dans
le désespoir. Pourquoi n'avait-elle jamais répondu
aux lettres qu'il lui avait écrites ? Lui tenait-elle
toujours rigueur d'être parti à la place d'un autre ?

Une bouffée de colère le submergea. Elle
n'avait donc pas compris qu'il n'avait pas le
choix ? En tant qu'aîné, Fabien était responsable
de ses frère et sœurs.

Le notaire… il crispa les poings. Il avait au
moins quarante-cinq ans, il boitait et ses cheveux

grisonnaient. Un vieillard pour Fabien, qui était dans la force de l'âge !

Il jeta un coup d'œil perdu autour de lui. Le château de Finckenstein, où l'empereur avait décidé de s'installer pour que son armée reprenne des forces après la bataille d'Eylau, était une bâtisse élégante, de style baroque. Les soldats français appréciaient le domaine giboyeux. Cependant, tous savaient qu'il s'agissait seulement d'un répit, avant de se lancer dans une nouvelle entreprise de conquête.

Fabien rejeta les épaules en arrière, froissa la lettre de sa mère et se dirigea vers le village. Il ne voulait plus penser à Aurélie pour l'instant. Seulement boire, pour tenter d'oublier.

1808

Marc-Antoine, plongé dans ses papiers, ne parvenait pas à se concentrer sur l'acte qu'il lisait. Père ! Il allait être père ! et cette idée le transportait de joie.

Aurélie et lui avaient connu une première déception, et il avait emmené sa jeune femme visiter Avignon, puis Cavaillon pour la distraire un peu.

Il l'aimait, et espérait qu'il la rendait heureuse. Pour elle, il avait accordé un prêt conséquent à Charles Legendre afin que ce dernier équipe un nouvel atelier. Les deux hommes s'entendaient bien. Marc-Antoine discutait volontiers avec son beau-père, même si leurs opinions politiques divergeaient. Il respectait l'homme resté fidèle à ses convictions, alors que l'on s'étripait encore dans le Comtat entre royalistes et révolutionnaires. Marc-Antoine avait aussi accepté que sa

jeune femme fréquente l'atelier de Silvère. Elle
« s'amusait », disait-il, à créer des santons, ce
qui scandalisait nombre d'habitants du bourg.
Une femme… avait-on idée ? Ne ferait-elle pas
mieux de s'occuper de son ménage ? Le notaire,
cependant, n'en avait cure. Il avait eu si peur, aux
premiers temps de leur mariage, qu'Aurélie ne
sombre dans la mélancolie, qu'il était décidé à
réaliser ses désirs.

La mère de son fils à naître méritait toutes les
attentions. Car ils auraient un fils, il ne pouvait
en aller autrement. Marc-Antoine savait déjà qu'il
l'appellerait Melchior, comme s'appelait son propre père. Aurélie serait d'accord, elle choisirait le
prénom de leur fille. Le notaire, en effet, désirait
plusieurs enfants.

Il esquissa un sourire. Il aimait Aurélie, plus
qu'il n'aurait su le dire.

Il espérait la rendre heureuse. Elle était avec
lui d'humeur égale, se montrait une épouse de
commerce agréable, certes timide, mais souriante.
Contempler sa beauté le rendait extrêmement
fier.

Il repoussa l'acte auquel, décidément, il ne parvenait pas à s'intéresser, jeta un coup d'œil distrait à la fenêtre. Il neigeait. Il sursauta. L'hiver,
jusqu'à présent, avait été relativement doux. Il
passa son manteau, et quitta l'étude pour rentrer
chez lui. Il ferait un détour par l'atelier de Silvère
pour ramener Aurélie au bercail.

Il remonta à grands pas la rue principale du bourg. Les flocons tourbillonnaient, de plus en plus épais. Marc-Antoine releva le col de son manteau. Il avait horreur de la neige et du froid.

Un quinquet indiquait l'entrée de l'atelier du figuriste. Le notaire, en y pénétrant, fut surpris par la douce chaleur qui y régnait. Aurélie et Silvère s'activaient au-dessus d'une grande table et ne firent pas attention à lui. Il toussota, se rapprocha d'eux.

— Bonsoir ! lança-t-il à la cantonade, ce qui fit tressaillir la jeune femme et le vieil homme. Je suis venu te chercher, Aurélie, enchaîna-t-il. Si la neige continue à tomber au même rythme, tu risques de te blesser en rentrant chez nous.

— Vraiment ?

Elle leva vers lui un visage rayonnant, et le cœur de Marc-Antoine se serra. Pourquoi paraissait-elle si heureuse dans cet endroit sombre ? Plus heureuse que dans sa grande maison.

— Votre femme a conçu, créé et fabriqué une figurine seule, glissa Silvère. Elle a beaucoup de talent.

Marc-Antoine jeta un coup d'œil distrait aux moules posés sur la table. Presque malgré lui, il admira les encoches qui devaient permettre un emboîtage aisé. Les moules en deux parties semblaient se correspondre à merveille.

— Quelle virtuosité ! souffla-t-il.

Silvère soutint son regard.

— Disons plutôt le fruit d'une longue pratique. Je me suis longtemps entraîné, d'abord avec de la mie de pain, puis du mastic. De plus, j'ai eu la chance d'apprendre mon métier auprès d'un maître, Louis Lagnel, marseillais, un vrai créateur. Si un jour vous désirez faire plaisir à Aurélie, il faudra l'amener chez lui, rue du Refuge.

« Pour qu'elle se passionne encore plus pour ses figurines… merci bien ! » pensa Marc-Antoine.

Aurélie couvait du regard le personnage qu'elle venait d'achever.

Il s'agissait d'un berger à la grande cape et au chapeau sombres. Le notaire éprouva un sentiment indéfinissable de malaise en constatant que le visage du berger ne lui était pas inconnu. Il évoquait une ressemblance certaine avec… oui, avec le fils aîné Carat, celui qui combattait dans la Grande Armée. Celui-là même dont on avait associé souvent le nom au nom d'Aurélie, avant son départ.

Il se reprocha aussitôt cette pensée. Cependant, rien n'y faisait, il éprouvait un sentiment de jalousie irrépressible.

Il se pencha au-dessus de l'épaule d'Aurélie.

— Il nous faut rentrer, ma chérie. Le temps dehors est affreux, je crains que tu ne prennes froid.

— Vraiment ? Désolée, Silvère, de devoir t'abandonner. Je crois que Marc-Antoine a raison.

Elle se leva, un peu lourdement, laissa son époux l'envelopper de sa grande cape doublée, ajusta son bonnet et s'en alla après avoir salué le figuriste. Son mari lui offrit son bras en arrondi pour affronter la bourrasque. La neige, tombée en abondance, s'amoncelait déjà devant les maisons.

Aurélie frissonna.

Elle s'appuya un peu plus sur le bras de Marc-Antoine, de peur de glisser. Le cœur du notaire s'emplit de joie. Elle l'aimait ! pensa-t-il. Ce qui lui permit de se convaincre que la ressemblance entre la figurine et le soldat n'était que le fruit du hasard.

Allongée sur le dos aux côtés de son époux, Aurélie cherchait en vain le sommeil. Impossible de se retourner ou de se positionner sur le côté, son ventre, qui lui semblait énorme, lui interdisait tout mouvement de ce genre. Le tic-tac familier de la pendule l'exaspérait.

Elle aurait voulu se laisser couler dans une bienheureuse torpeur, sans toutefois y parvenir. Le bébé bougeait dans son ventre. Elle posa la main dessus, s'émouvant de sentir vibrer sa peau gonflée.

« Là, là, mon tout-petit », chuchota-t-elle.

L'aimerait-elle ? Elle se posait trop de questions, affirmait Tempérance quand Aurélie tentait de se confier à elle. La sage-femme, Perrine, assurait que tout se passerait bien. Pour Aurélie, l'accouchement demeurait quelque chose d'abstrait.

Elle s'était soumise à son époux, sans pour autant y trouver du plaisir. Marc-Antoine ne s'en souciait guère. Il se jetait sur elle avec une impatience gourmande dans le secret de leur chambre, jouissait vite, pour s'endormir peu après. Aurélie, déçue, insatisfaite, se retournait dans le lit, en se disant que l'amour, ce devait être autre chose.

Heureusement, elle était très vite tombée enceinte, si bien que Marc-Antoine l'avait traitée avec beaucoup d'égards. La fausse couche d'Aurélie l'avait ensuite incité à se montrer encore plus attentionné. Il voulait un fils.

Elle esquissa un sourire. Et s'il s'agissait d'une fille ? Que dirait Marc-Antoine ? Fille ou garçon, cela lui était égal. Elle chérirait son enfant, en songeant qu'il lui permettrait d'être plus forte.

Elle soupira. L'aube se faufilait entre les interstices des persiennes. Marc-Antoine, toujours très matinal, ne tarderait pas à se lever. Alors, Aurélie aurait le grand lit pour elle seule. Elle s'y allongerait, tout en s'octroyant le droit de rêver à Fabien.

Ce serait… merveilleux !

1808

« Marc-Antoine ! » gémit Aurélie, le corps trempé de sueur. J'ai besoin de vous.

Malgré les remarques de son mari, elle ne parvenait pas à le tutoyer. Il est beaucoup trop vieux pour toi, lui chuchotait une petite voix intérieure, et elle se disait que ce n'était pas faux. Elle rêvait d'un corps jeune et musclé, d'une peau souple… mais le notaire, s'il était bien mis, ne pouvait dissimuler son infirmité, une jambe plus courte que l'autre qui le faisait boiter.

« C'est bien le moment de penser à ces choses-là », se dit-elle.

Perrine l'avait suffisamment informée pour qu'elle comprenne. Elle perdait les eaux ! Elle se cramponna au bois de lit, tenta d'éponger le plancher avec des linges. Marc-Antoine, alerté par ses cris, revenait vers elle.

« Seigneur ! » s'écria-t-il, découvrant la jeune femme, terriblement pâle.

Il appela au secours Vivette, la servante, envoya Robert, le saute-ruisseau, quérir la sage-femme. En l'espace de quelques minutes, Vivette avait changé la chemise de sa maîtresse, essuyé les dégâts, et l'avait installée dans le lit conjugal, accotée à des oreillers. Lorsqu'elle se présenta chez les Martin, Perrine constata avec plaisir que la maison était en ordre et que ses habitants se déplaçaient sur la pointe des pieds. Elle réclama une tasse de café, un fauteuil à dossier, et s'installa dans la chambre après avoir ausculté Aurélie.

« C'est un premier, il va prendre tout son temps », annonça-t-elle à Marc-Antoine de plus en plus inquiet.

Il fallait dire que son épouse n'aidait guère au travail. À croire qu'elle n'avait pas vraiment envie d'accoucher ! Livide, les cheveux trempés de sueur, les lèvres sèches, elle gémissait dans le lit, refusant d'avaler toute potion offerte par Vivette.

Perrine insista cependant pour lui faire absorber un petit verre d'eau des Carmes. Brusquement, Aurélie céda et obéit. Elle souffrait horriblement et se sentait nauséeuse.

— Ma tante, murmura-t-elle. Faites-la appeler, je vous en prie.

La présence de Tempérance la rassurerait, elle en était certaine.

— C'est trop tôt, reprit-elle à l'intention de Perrine. Le bébé n'est attendu qu'à la fin du mois.

— Mon petit, ce n'est pas nous qui décidons ! Le petitoun choisit son heure, ça s'est toujours passé ainsi depuis que le monde est monde. Vivette, va-t'en chercher madame Tempérance. Et vous, respirez lentement, le plus lentement possible.

Aurélie s'efforça de suivre la recommandation de la *bono fremo*[1] sans pour autant y parvenir tout à fait. Non pas qu'elle eût peur, c'était autre chose. Elle était à la fois impatiente et inquiète de découvrir son enfant, se demandait si elle saurait l'élever. Sa mère lui manquait doublement à cet instant.

Elle se sentit un peu mieux en apercevant la silhouette de sa tante dans l'encadrement de la porte. Le bonnet de travers, un châle jeté sur sa robe, Tempérance paraissait très agitée. Mais elle sut trouver les mots pour rassurer la jeune femme.

— Ce sera un fils, j'en suis certaine ! affirma-t-elle avec un bel aplomb.

Aurélie sourit.

— Ne le criez pas trop fort, ma tante ! Marc-Antoine serait terriblement déçu si vous vous trompiez.

Tempérance veillait à tout. Elle fit activer le feu dans la cheminée d'angle, tirer les rideaux de velours, bassiner régulièrement le lit.

---

1. Nom qui était donné autrefois aux sages-femmes.

— Il faut de la chaleur, répétait-elle, le petit est en avance.

Perrine finit par prendre la mouche.

— Si l'on n'a pas besoin de mes services, mieux vaut le dire tout de suite !

Le maître de maison, qui faisait les cent pas sur le palier, passa aussitôt sa tête dans l'entrebâillement de la porte.

— Qu'allez-vous penser, ma brave femme ? s'insurgea-t-il. Bien sûr que l'on a besoin de vous.

Il l'entraîna sur le palier, lui chuchota quelques mots. Tempérance haussa les épaules.

— Nous nous débrouillerions tout aussi bien sans elle !

Cinq heures plus tard, pourtant, elle déchantait. Écartelée sur le lit, dans le désordre des draps repoussés, Aurélie souffrait le martyre. Sans, d'ailleurs, que le travail avance. Perrine arborait un air soucieux et Tempérance se tordait les mains. Quant au notaire, il avait été expédié à l'office où il pouvait arpenter le pavé tout à son aise sans risquer d'endommager le tapis.

— Il faut peut-être recourir aux fers ? risqua Tempérance.

Perrine haussa les épaules.

— Que vous dire ? J'ai essayé le bouillon d'oignons, l'enveloppement de levain sur le ventre, le bain de pieds… en vain. Oui, ma bonne, il conviendrait peut-être d'appeler le docteur Faber.

Tempérance s'élança dans l'escalier prévenir Marc-Antoine. Quand elle revint, elle trouva sa nièce à moitié pâmée sous l'effet de la douleur.

« Fabien… » gémissait-elle.

Affolée, elle réclama à Perrine une nouvelle tasse de bouillon. Pendant que la sage-femme s'affairait à l'office, elle humecta le front d'Aurélie, lui caressa la main.

— Fabien t'a écrit après son départ, lui dit-elle comme pour soulager sa conscience. Au moins trois lettres par mois, je les ai toutes gardées. Je ne voulais pas que tu souffres, comprends-tu ? Ce mécréant n'était pas fait pour toi.

Elle n'était même pas certaine qu'Aurélie l'ait entendue. Agenouillée au chevet de sa nièce, elle pria, jusqu'à l'arrivée du médecin. Le docteur Faber avait un certain âge, de l'expérience, et était réputé pour s'exprimer sans détour.

— Aérez-moi cette étuve ! s'écria-t-il en pénétrant dans la chambre.

Il ausculta Aurélie avant de distribuer ses ordres. Qu'on lui prépare des linges propres en abondance, qu'on donne le plus de lumière possible, qu'on aille lui quérir une bouteille d'armagnac… Et, comme Tempérance le considérait d'un air étonné, il aboya :

« Pressons, madame ! Vous n'avez déjà que trop tardé avant de me faire appeler. Il en va de la vie de cette petite. »

Le mouchoir pressé sur le visage, Tempérance galopa jusqu'à l'office. Marc-Antoine tint à apporter lui-même sa meilleure bouteille d'armagnac au médecin, mais celui-ci lui jeta à peine un coup d'œil.

« C'est pour votre femme, donnez-lui un bon verre de cognac, ça devrait suffire à la soulager un peu. »

Tempérance se signa derechef. Enivrer une femme en couches… était-ce Dieu possible ? En même temps, elle se rappelait certains bruits ayant couru à propos du docteur Faber. On avait raconté qu'il n'avait pas hésité à délivrer une ou deux adolescentes en situation intéressante. Avant la Révolution, l'Église aurait mené son enquête, mais maintenant… la tante d'Aurélie frissonna. N'auraient-elles pas appelé le diable au chevet de sa nièce ?

Elle manqua défaillir en le voyant sortir les fers de sa mallette. Perrine prit alors les choses en main.

— Maîtresse Tempérance, vous devriez aller voir si l'eau bout toujours. Je vais assister monsieur le docteur.

Pour une fois, elle obéit sans protester. Elle ne supportait pas, en effet, la vision d'Aurélie, échevelée, écartelée, souffrant mille morts. Une peur nue faisait trembler ses mains. Elle avait déjà perdu sa sœur Prudence si jeune ! S'il devait arriver quelque chose à Aurélie… Seigneur !

Marc-Antoine la rejoignit dans l'office. Il était blême.

— Je n'aurais jamais imaginé qu'on pût autant souffrir, murmura-t-il.

Tempérance saisit l'occasion.

— Vous êtes bien tous les mêmes, les hommes ! lança-t-elle, la bouche mauvaise. Pour vous, le plaisir. Pour nous, les femmes, les douleurs de l'enfantement.

— Cela devrait vous paraître logique à vous, si dévote ! répliqua maître Martin. N'est-il pas écrit : « Tu enfanteras dans la souffrance » ?

Tempérance en resta sans voix, ce qui impressionna fort la servante.

À l'étage, un hurlement la fit tressaillir.

— Aurélie ! s'écria-t-elle, en se précipitant vers l'escalier.

À cet instant, elle aurait tout donné pour que sa nièce survive à cette terrible épreuve.

Tout, jusqu'aux lettres de Fabien.

Elle se souvenait vaguement de la douleur, comme un flux et un reflux.

Il lui semblait que son corps en avait gardé les traces et qu'un mouvement brusque suffirait à la faire resurgir. Elle avait dérivé longtemps, en ayant l'impression de se trouver dans un endroit ouaté. Elle n'entendait même pas les pleurs du bébé. Mais Tempérance lui avait affirmé que Melchior ne pleurait pratiquement jamais.

Melchior… c'était Marc-Antoine qui avait choisi son prénom, en hommage à une tradition familiale. Son mari lui rendait visite deux fois par jour. Il lui apportait des fleurs, des fruits confits, des livres, qu'elle ne parvenait même pas à ouvrir. Même s'il était navré de la voir aussi mal, il ne cherchait pas à dissimuler son bonheur d'être père. Un fils, de surcroît !

C'était pour lui l'aboutissement d'un vieux rêve. Aurélie en aurait été heureuse pour lui si elle avait pu éprouver quelque sentiment.

Or, elle avait l'impression d'être vide. Le docteur Faber, Perrine et Tempérance lui affirmaient que tout finirait par s'arranger. L'accouchement particulièrement long et difficile, suivi d'une hémorragie importante, nécessitait un long repos. Aurélie se laissait faire, ne trouvait pas en elle la force de se lever, de lutter contre cet épuisement qui la submergeait. Au fond d'elle-même, elle se disait parfois qu'elle avait peur d'affronter la réalité.

Marc-Antoine avait fait acheter à Vivette de la viande de bœuf, Tempérance lui faisait absorber du bouillon de sang, afin de l'aider à reprendre des forces.

La tante et la nièce parlaient peu. Il y avait entre elles deux la confidence de Tempérance, et les questions qu'Aurélie n'osait pas encore poser. De peur de faire exploser la bulle dans laquelle elle s'était réfugiée.

Au bout d'un mois, pourtant, la jeune femme parvint à se lever. Vivette lui apporta le bébé, comme chaque matin, et le posa dans ses bras. Chaudement habillée d'une matinée doublée de tissu matelassé, Aurélie contempla son fils avec des sentiments mêlés. Émerveillement, étonnement… Elle n'avait pu l'allaiter. Fanchon, la nourrice, logeait chez le notaire et s'occupait de Melchior avec dévouement, mais Aurélie se sentait écartée de son fils.

Elle caressa du bout du doigt la peau veloutée du petit visage, le duvet recouvrant le haut du crâne. Melchior avait de grands yeux bleus expressifs et faisait preuve d'une sagesse exemplaire.

— Je voudrais tant te protéger de tout, souffla Aurélie.

Tenir son fils serré contre elle lui permettait de reprendre contact avec la réalité. Cependant, Vivette le lui reprenait déjà.

— C'est l'heure de la tétée, lui dit-elle. Ensuite, petit Melchior dormira.

Aurélie réprima un soupir. On ne pouvait mieux lui faire comprendre qu'on ne la jugeait pas encore capable de s'occuper de son fils. Elle voulait, pourtant, reprendre sa vie en main, ne plus se laisser aller à cette faiblesse désespérante.

« Un jour après l'autre », se dit-elle, déterminée à se battre.

« Ma tante, vous n'aviez pas le droit ! »

La première sortie d'Aurélie avait été pour la maison de son père. Charles Legendre se tenait à distance respectueuse, comme si le fait d'être devenue mère de famille avait éloigné la jeune femme de lui. Il parvint toutefois à lui dire combien il était heureux, et fier, d'être grand-père.

Dès qu'il se fut éclipsé en direction de son atelier, Aurélie se retourna vers Tempérance.

« Mes lettres, ma tante », exigea-t-elle d'une voix durcie.

Tempérance ne chercha pas à biaiser.

Elle se dirigea vers sa chambre, en revint quelques instants plus tard, tenant serré contre elle un paquet de missives.

— Je suis désolée, ma petite fille, déclara-t-elle en le lui tendant. À l'époque, j'ai estimé que c'était mieux pour toi. Ce Fabien ne pouvait rien t'apporter de bon. Un traîne-misère...

— Vous n'aviez pas à décider pour moi ! répliqua la jeune femme.

Elle saisit les lettres, les glissa dans la poche intérieure de sa cape.

Elle serra ses mains l'une contre l'autre pour tenter de maîtriser leur tremblement.

— Pourquoi me l'avoir avoué ? reprocha-t-elle à sa tante.

Tempérance haussa les épaules.

— Il fallait que je te dise la vérité, j'avais si peur que tu ne meures.

Aurélie haussa les épaules.

— Vous rendez-vous compte, ma tante ? Vous m'avez laissé croire que Fabien m'avait oubliée, n'avait jamais pensé à moi. Vous avez gâché ma vie sans un remords. Je ne pourrai jamais vous le pardonner.

Tempérance soutint sans ciller le regard de la jeune femme.

— Je suis désolée de t'avoir menti, et blessée, mais je ne peux pas dire que je le regrette. Tu n'avais pas d'avenir avec le fils Carat. D'ailleurs, il n'est même jamais revenu au pays. Désormais, tu es à l'abri du besoin avec Marc-Antoine, et tu habites une belle demeure. Tu as tout ce que l'autre n'aurait pu t'offrir.

— Mais je l'aimais ! protesta Aurélie avec vigueur.

Elle avait été trompée, et par sa propre tante de surcroît.

— Et mon père… était-il au courant ? reprit-elle.

Tempérance secoua la tête.

— Ton père est beaucoup trop droit pour se prêter à ce genre de… détournement de courrier. J'ai agi seule, petite. Pour ton bien, je te le répète.

— Je ne vous le pardonnerai jamais ! répéta Aurélie, le cœur au bord des lèvres.

Elle aurait voulu tempêter plus encore mais, victime d'un vertige, elle dut se cramponner à la table.

— Assieds-toi, s'empressa sa tante. Tu es plus blanche qu'un linge. A-t-on idée, aussi, de se mettre dans un état pareil ?

Elle lui fit boire un verre d'eau. Lentement, un peu de couleur rosit le visage de la jeune femme.

À présent qu'elle avait soulagé sa conscience, Tempérance n'éprouvait pas vraiment de remords, se dit Aurélie. Elle s'était arrangée pour séparer les deux jeunes gens sans violence. Une simple subtilisation du courrier… Et elle restait persuadée d'avoir agi au mieux.

Aurélie se redressa avec peine.

— Je ne vous envie pas, ma tante, déclara-t-elle froidement. Vous comprendrez, j'espère, que je ne souhaite pas recevoir votre visite dans notre maison.

Tempérance accusa le coup. Elle tendit la main vers sa nièce.

— Je t'ai élevée, petite. Je t'ai toujours considérée comme ma fille.

— C'est terminé, fit Aurélie, glaciale.

Tournant les talons, elle franchit le seuil de la maison paternelle. Elle n'avait plus qu'une hâte, lire les lettres de Fabien.

La liasse contenait douze lettres. La dernière remontait à 1806. Aucune n'avait été ouverte.

Assise au coin du feu, Aurélie se demanda tout à coup s'il était bien raisonnable de les lire. Elle était mariée à Marc-Antoine depuis plus de trois ans. Elle lui avait donné un fils. Même si elle devait en mourir de chagrin, elle ne pouvait se libérer de cette union.

Elle était prise au piège.

D'ailleurs… Fabien pensait-il seulement encore à elle ? Il avait peut-être épousé une étrangère, ou l'une de ces Parisiennes qu'on disait frivoles, comme l'impératrice Joséphine.

Aurélie pressa les mains contre ses tempes. Non ! Elle ne pouvait pas imaginer Fabien marié, c'était au-dessus de ses forces.

« Et pourtant… Qu'as-tu fait, toi ? » se dit-elle, amère.

Les apparences étaient contre elle. Il lui avait écrit à douze reprises, elle ne lui avait jamais répondu. Et elle avait épousé le notaire. De quoi passer pour une fille vénale et méprisable.

Elle frissonna. Sa chatte Grisette se frotta contre sa jupe. Aurélie la prit dans ses bras, la caressa, doucement, tandis que des larmes coulaient de son visage sur le pelage gris de la chatte.

« C'est trop tard, désormais », souffla-t-elle.

D'un geste décidé, elle jeta les douze lettres dans l'âtre. Elle les regarda se consumer jusqu'à ne plus être qu'un petit tas de cendres. Alors seulement elle se leva et alla voir son fils.

Elle avait choisi.

La Grande Armée sillonnait l'Autriche, après la terrible campagne d'Espagne. Une boucherie, un souvenir qu'il aurait voulu chasser de son esprit, en vain, puisqu'il revenait le hanter chaque nuit, ou presque.

Des ennemis se livrant à une guérilla sans merci, des camarades retrouvés morts dans des puits, émasculés, torturés, l'odeur du sang, partout, des villages entiers brûlés, des corps qu'on piétinait, la boue, la pluie glacée… Fabien avait plus souffert sur les chemins d'Espagne que partout ailleurs. Il avait entendu les critiques dirigées contre l'empereur, tout comme il l'avait suivi, malgré tout, parce qu'il donnait l'exemple et partageait leur vie.

Il avait souvent pensé à l'inconnu et au marché de dupes qu'ils avaient passé, à Avignon. À cette heure, celui-ci devait avoir fondé une famille, et vivre heureux au pied du mont Ventoux. Lui, Fabien, avait été un bel abruti !

Tout cela pour une somme certes conséquente mais qu'il regrettait presque à présent. Et Aurélie… Le manque d'elle était parfois insupportable. Il avait fait appel à ses souvenirs alors qu'il désespérait de se sortir vivant du bourbier espagnol. Il avait caressé ses cheveux fauves, l'avait enlacée, embrassée, jusqu'à imaginer la serrer vraiment dans ses bras.

Comment avait-il pu être assez fou pour l'abandonner ?

Il reprit lentement contact avec la réalité. Le maréchal Lannes, grièvement blessé, agonisait dans une maison du village d'Ebersdorf, où l'on avait transporté son corps amputé. Tout le monde savait qu'il allait mourir, à commencer par l'empereur, dont les traits tirés révélaient l'épuisement et le chagrin.

« Fichue guerre ! » jura Sabotier, un camarade de Fabien, en chiquant.

Les hommes commençaient à gronder dans les rangs. La guerre d'Espagne, avec son cortège d'atrocités, avait provoqué une cassure dans l'armée impériale. Souffrir, oui, mais emporter la victoire ! Or, les soldats de Napoléon avaient eu le sentiment de s'être battus pour rien.

Une chaleur caniculaire pesait sur le village d'Ebersdorf.

« Rien de tel pour propager la gangrène », marmonna Fabien.

Jusqu'à présent, une chance insolente l'avait favorisé. Il avait traversé près de cinq ans de guerre sans être blessé. Cependant, il n'aimait pas le métier des armes.

Il s'y était plié par obligation mais rêvait toujours de cultiver ses terres. De la vigne, plus particulièrement. Du mouvement se fit du côté de la maison dans laquelle on avait porté le maréchal Lannes.

Ils virent l'empereur y pénétrer, forçant le barrage de l'aide de camp Marbot, qui tentait d'écarter le souverain. Ils virent aussi Berthier aller rechercher Napoléon et l'entraîner au-dehors. Il paraissait extrêmement affecté.

« Il disait de lui que c'était son meilleur ami », souffla Fabien, ému.

Maudite guerre !

— Mon fils est décidément un enfant très sage, remarqua Marc-Antoine, en contemplant le petit Melchior qui sommeillait dans son berceau.

Il avait pleuré seulement le jour de son baptême, quand l'abbé avait posé du sel sur sa langue.

Et – Tempérance l'avait juré sur la tête de son beau-frère –, elle n'avait pas pincé le bébé à cet instant. Une vieille coutume voulait, en effet, que l'enfant pleure durant la cérémonie du sel. C'était une preuve de sa bonne constitution.

La tante avait été choisie comme marraine, tandis qu'un ami de Marc-Antoine était le parrain.

Aurélie n'y avait pas assisté. Elle se remettait alors péniblement de son accouchement très difficile mais, de toute manière, la tradition excluait la mère du baptême. Il fallait baptiser très vite l'enfant, le plus vite possible, vu le taux élevé de mortalité infantile.

Perrine avait porté Melchior jusqu'à l'église. Le bébé était vêtu du bonnet blanc et de la longue robe blanche ornée de dentelles lui venant d'Aurélie. Tempérance les avait soigneusement gardés depuis plus de vingt ans.

Elle avait aussi veillé à ce que le cortège ne croise personne de contrefait. Certes, il y avait bien l'infirmité du père, mais elle ne pouvait tout de même pas cantonner Marc-Antoine chez lui ! Le tambourinaire ouvrait la marche, et nombre d'habitants de La Roque s'étaient joints au cortège. Les enfants espéraient quelque largesse de la part des parrain et marraine et n'avaient pas été déçus.

De l'avis de tous, la cérémonie avait été fort belle et l'on avait retenu l'accolade entre le grand-père et le père, sur le parvis de l'église.

Un beau moment d'émotion, avait songé Tempérance, encline à penser que ce mariage était un peu son œuvre. Elle avait repris le chemin de la maison du notaire, d'abord pour apporter des douceurs, puis des petits vêtements destinés au bébé.

Malgré ses bonnes résolutions, Aurélie n'avait pu lui condamner sa porte. Marc-Antoine, qui

appréciait beaucoup sa tante, ne l'aurait pas compris, ni accepté. Tempérance le savait, et jouait
sur du velours.

Il était impossible à Aurélie d'expliquer les rai-
sons de sa rancune. Avec le temps, elle finissait
d'ailleurs par se résigner.

Si Fabien l'avait vraiment aimée, il ne serait pas
parti. De toute manière, sa mère ne supportait
pas Aurélie et ne s'en était pas cachée. La jeune
femme était désormais presque heureuse entre
son époux et leur fils.

Certes, elle n'éprouvait pas d'amour pour
Marc-Antoine, seulement une profonde affection,
mais, après tout, au moins n'était-elle pas déçue.
De plus, il y avait Silvère, et son atelier où elle
était retournée.

Créer des figurines lui procurait une sérénité,
un apaisement qui lui permettaient de retrouver
une certaine joie de vivre.

La vie continuait.

1812

Satisfaite de son ouvrage, Aurélie exposa à la lumière du jour sa dernière création, une femme à la lampe, qu'elle venait d'habiller. Caraco, jupe à imprimé « ramoneur », tablier et coiffe… elle n'avait rien oublié.

« Je n'ai plus rien à t'apprendre, petite », commenta Silvère dans son dos.

Elle lui sourit en retour. Elle avait conscience, elle aussi, d'avoir beaucoup progressé au cours des dernières années. Se rendre à l'atelier de son vieil ami avait représenté une embellie dans sa vie monotone, et elle avait pris le pli d'emmener avec elle Melchior.

Fasciné, il l'observait avec attention, suivant des yeux chaque étape de son travail.

Silvère avait été le premier à mettre un mot sur les doutes d'Aurélie. Celle-ci s'était aperçue, dès que Melchior avait passé six mois, qu'il ne babillait plus comme auparavant. S'inquiétant facilement au sujet de son fils, elle avait tenté de se rassurer. Il était encore si petit !

Réveillé, il la suivait du regard, tout comme Marc-Antoine à qui il tendait systématiquement les bras dès qu'il l'apercevait. Son époux n'avait rien voulu entendre de ses questionnements. Leur fils, son fils, était en parfaite condition physique, voyons ! Aurélie désirait-elle tenter le sort ?

Elle s'était tue. Elle-même souhaitait tant se tromper ! En revanche, environ deux ans après, alors que Silvère avait laissé échapper un outil et que celui-ci était tombé sur le sol avec fracas, Melchior n'avait pas bronché.

Le vieux figuriste avait regardé Aurélie.

« M'est avis que tu devrais faire examiner ton petitoun, avait-il conseillé à la jeune femme. Je me demande s'il entend bien. »

Elle avait bataillé avec Marc-Antoine et fini par obtenir gain de cause. Le docteur Faber se rendit à leur domicile, ausculta longuement Melchior avant de lui demander de répéter les mots qu'il prononçait. Le petit garçon le regarda sans comprendre et fondit en larmes.

Marc-Antoine s'interposa.

— Vous avez gagné ! Vous me le faites pleurer, maintenant.

Le docteur leva la main comme pour l'interrompre.

— Ce n'était pas le but que je poursuivais, croyez-moi. Mais il est important de faire le point quant à l'audition de votre fils. Or, je puis vous dire que ce petit garçon est quasiment sourd.

— Non ! hurla Marc-Antoine, au désespoir.

À cet instant, Aurélie comprit qu'elle le savait depuis longtemps et que, peut-être, son époux avait éprouvé lui aussi des doutes sans vouloir se l'avouer.

Elle-même était anéantie, mais son caractère combatif lui soufflait qu'il devait exister des solutions. Elle posa aussitôt la question au docteur Faber, qui lui sourit tristement.

— La condition du sourd n'est guère enviable, répondit-il après un temps de silence. L'enfant sourd a longtemps été considéré comme malformé, et pour le Moyen Âge, il était vu comme un infirme. Cependant, dès la Renaissance, la situation a évolué. Ainsi, Rabelais et Montaigne nous parlent de langue des signes à propos des enfants sourds et, en France, dans la deuxième moitié du siècle dernier, l'abbé de L'Épée a eu l'idée d'utiliser la langue des signes pour instruire ces enfants. Cet ecclésiastique est à l'origine de l'Institution nationale des Sourds-Muets.

« Je veux que mon fils mène une vie normale », déclara posément Aurélie.

Le fait de savoir ce dont souffrait Melchior la poussait à se battre. Pour lui, elle avait tous les courages. Il le fallait bien puisque Marc-Antoine, toujours sous le choc, paraissait incapable de réagir. Aussi se raccrocha-t-elle à ces mots : « Institution nationale des Sourds-Muets », « langage des signes ».

« Vous êtes certainement les plus à même d'aider ce petit pendant ses jeunes années, reprit le médecin. Il importe de le sortir de son isolement. »

Dans ce but, Aurélie avait pris le pli de l'emmener partout avec elle. Que ce soit chez son père, à l'église ou chez Silvère, Melchior l'accompagnait. Elle lui expliquait par gestes ce que les autres disaient, tout en se rendant bien compte qu'il s'agissait d'un remède temporaire.

Melchior avait besoin d'être autonome. Elle ne serait pas toujours à ses côtés. Marc-Antoine, lui, accusait toujours le coup. Il ne pouvait accepter le handicap de son fils et en voulait à la terre entière.

« Il n'y a jamais eu de sourds dans ma famille ! » avait-il lancé à Aurélie d'un ton chargé de rancune.

« Dans la mienne non plus », avait-elle répondu froidement, avant d'ajouter qu'elle se moquait bien de savoir qui était responsable. L'important n'était-il pas d'aider Melchior à surmonter son handicap ?

Curieusement, son père et sa tante faisaient preuve d'une grande patience avec le petit garçon. Charles l'érudit lui apprenait à lire à l'aide de son vieil abécédaire et Tempérance révélait un talent certain de mime. En d'autres circonstances, Aurélie en aurait beaucoup ri.

Elle avait organisé sa vie en fonction de son fils. Face à l'urgence, le souvenir de Fabien se diluait. Comment aurait-elle pu encore se lamenter au sujet de son chagrin d'amour alors que son petit garçon avait besoin d'elle ? Bravement, et sans se poser de question, Aurélie avait tout mis en œuvre pour aider Melchior à progresser.

Se sentant en confiance avec Silvère, il s'était intéressé lui aussi à la fabrication de santons. Il observait beaucoup, et le lent sourire qui s'épanouissait de temps à autre sur ses lèvres réjouissait le cœur d'Aurélie.

En revanche, Melchior était moins à l'aise avec son père, comme s'il avait pressenti que celui-ci ne supportait pas son handicap. Marc-Antoine faisait comme si Melchior entendait normalement, ce qui n'arrangeait rien. Le couple se querellait souvent à ce sujet.

« On dirait que vous êtes fière d'avoir un fils sourd ! » fulminait le notaire, et Aurélie répliquait, belliqueuse : « En tout cas, moi, je n'ai pas honte de lui ! »

Cédant aux instances de son père et de sa tante, elle avait emmené Melchior en pèlerinage jusqu'à Callas, dans le Var, prier saint Ansile, le patron des sourds-muets.

Il n'y avait pas eu de miracle, ce qui avait permis à Marc-Antoine de plastronner : « Quand je vous disais qu'il ne sert à rien de croire à votre Dieu… »

Le chagrin influençait son caractère, le rendait atrabilaire. Il s'attardait de plus en plus souvent à l'étude, comme s'il avait redouté de rentrer chez lui.

Aurélie, navrée, le regardait s'enfoncer dans le désespoir, et se sentait impuissante. Le handicap de Melchior avait révélé les failles existant à l'intérieur du couple.

Créer des santons constituait un dérivatif et une consolation pour la jeune femme. Penchée sur les moules de son ami Silvère, elle oubliait, durant un moment, les questions inévitables qui l'obsédaient. Quel avenir attendait son fils ?

Parviendrait-il à surmonter sa surdité ? Elle voulait y croire, de toute son âme.

Avant de tomber, le manque d'Aurélie avait
été si intense qu'il avait soufflé le petit nom
qu'il lui donnait, jadis : « Lie. » Et puis, il y
avait eu ce coup de sabre, et l'étonnement de
ne pas vraiment ressentir de douleur. « À cause
du froid », avait-il pensé, juste avant de sombrer.

Lorsqu'il avait repris conscience, la souffrance l'avait submergé. Et tout lui était revenu. Moscou en proie aux flammes, le retour
vers la France, le terrible hiver Russe qui s'était
abattu sur la Grande Armée au mois de novembre, après un début d'automne à la douceur
trompeuse. Et puis l'horreur de la Bérézina,
des scènes que, dût-il vivre cent ans, il ne pourrait jamais oublier, et ce froid, ce terrible froid
qui gelait jusqu'à l'âme le Provençal. Il avait
assisté, impuissant, à des tragédies. Il revoyait

la Bérézina prise par les glaces charriant des centaines de cadavres, il entendait les plaintes des mourants, s'approchait lui aussi trop près d'un feu de fortune.

Les villages étaient désertés, il n'y avait plus rien à manger, rien d'autre que les corps des soldats morts de froid et de faim.

« Quelle horreur que la guerre ! » pestait Fabien, qui en voulait à la terre entière. Il aurait aimé soulager la misère des pauvres hères sillonnant les chemins, sans même réaliser qu'il avait rejoint leurs rangs. Lorsqu'il lui restait un éclair de lucidité, il se surprenait à penser : « Quelle misère ! Nous avons pratiquement tout abandonné derrière nous ! Les chevaux, les canons, les armes… Et, plus grave que tout, les hommes. Tant de blessés ou tout simplement de retardataires laissés sur la rive de la Bérézina. »

Lui qui avait longtemps admiré l'empereur ne savait plus que penser. Pourquoi Napoléon avait-il regagné la France quasiment en catimini, dans une dormeuse, racontait-on, une caisse de voiture entièrement couverte de cuir, puis en traîneau et enfin en cabriolet ? Ne pouvait-il rester aux côtés de ses hommes comme il l'avait fait en Espagne ? Fabien était amer, et profondément déçu.

Il songeait à son vieil ami maître Terence. Il lui aurait dit : « Fabien, mon garçon, n'oublie pas les leçons de William Shakespeare : "En

cherchant la gloire, on perd souvent l'honneur[1]". »

Cela faisait plus de sept ans qu'il combattait pour l'Empire et il se retrouvait les pieds à
demi gelés, se traînant sur une route verglacée,
au milieu de nulle part. Les cosaques harcelaient
les rescapés de la Bérézina. Des attaques éclairs,
qui semaient la panique dans les rangs des soldats
pourtant aguerris. Mais il n'était plus possible de
raisonner logiquement alors qu'on mourait de
faim et de froid. Le soir, des hommes frigorifiés
se brûlaient grièvement tant ils s'étaient rap-
prochés du feu. Certains ne pouvaient être sauvés
et mouraient dans d'atroces souffrances. D'autres
suppliaient pour qu'on les laissât dormir quelques
minutes… et ne se réveillaient pas.

Ils se rapprochaient de la Pologne quand un
nouveau groupe de cosaques avait fondu sur eux,
sabre au clair. Fabien se rappelait avoir pensé :
« Cette fois, c'est fini, je ne reverrai jamais mon
pays » et puis, il était tombé.

Lorsqu'il avait repris contact avec la réalité, la
douleur s'était imposée à lui. Une douleur si forte
qu'il avait serré les dents pour ne pas gémir.

Il se trouvait dans une chambre tapissée de
bois, où une douce chaleur régnait. Il reposait
dans des draps propres, appuyé contre deux
oreillers.

---

1. *Macbeth*, II, 1.

— Ah ! Vous voici enfin réveillé ! s'écria une voix juvénile, en français.

Il découvrit alors une jeune fille aux longues nattes blondes, au sourire communicatif.

— Je m'appelle Evangélina, lui dit-elle, mais tout le monde m'appelle « Eva ». Bienvenue chez nous, monsieur le Français !

Il tenta de se soulever sur un coude, retomba lourdement en arrière.

— Seigneur ! Je suis plus faible qu'un nouveau-né ! grommela-t-il. Merci, Eva, pour tout ce que vous avez fait pour moi. Je suis Fabien Carat, soldat de l'Empire.

— Oh ! Je sais beaucoup de choses sur vous ! reprit-elle, moqueuse. Vous étiez très bavard durant le temps que vous avez passé chez nous.

Elle feignit de ne pas remarquer qu'il rougissait brutalement.

— Rassurez-vous, vous n'avez pas révélé de lourds secrets !

— Vous parlez français, s'étonna-t-il.

— Comme la plupart des Polonais. Mes parents vouent un véritable culte à votre empereur parce qu'il a promis de nous libérer du joug russe.

— Pas vous ?

La jeune fille haussa légèrement les épaules.

— Oh ! Moi… j'ai dû voir trop de blessés et de morts ces derniers temps. Il convient de se défier de celui qui provoque tant de dégâts.

C'était tout à fait ce qu'il pensait.

— Vous m'avez soigné ? s'enquit-il.

Elle hocha la tête.

— Je me charge de vos pansements mais c'est mon père qui vous a soigné, et sauvé, depuis que nous vous avons retrouvé à l'entrée de notre cour. Les cosaques venaient de se livrer à un nouveau raid et avaient volé trois moutons. Vous ne pouvez savoir à quel point nous les haïssons…

— Oh ! Je crois que je peux m'en faire une idée, ironisa-t-il.

Il se sentait encore fiévreux et épuisé.

— Vous m'avez parlé de votre père, reprit-il. Il est…

— Médecin, et le meilleur que vous puissiez trouver ! lança la jeune fille avec une pointe de fierté.

Fabien lui sourit gentiment.

— Je lui dois la vie et j'aimerais le remercier.

— Il vous verra ce soir. Il s'est occupé de vous sans relâche pendant deux semaines et…

— Deux semaines ! se récria Fabien en voulant se lever.

Un vertige le saisit, la pièce se mit à tourner. Il amorça le geste de se rattraper au montant du lit, poussa un nouveau cri empreint d'effroi.

Il venait de se rendre compte qu'il lui manquait la main et environ les deux tiers du bras gauche.

Un gémissement lui échappa. Il leva vers Eva un regard chargé d'incompréhension.

— Qu'est-il arrivé ? croassa-t-il d'une voix prête à se briser.

La jeune fille se pencha vers lui.

— Je suis désolée. Mon père aurait préféré vous l'annoncer lui-même, nous n'avions pas prévu que vous reprendriez conscience aujourd'hui. Le cosaque qui vous a attaqué sur la route a sectionné votre bras d'un coup de sabre. C'était horrible… Mon père vous a sauvé, avec des emplâtres et de la vodka, pour cicatriser les chairs. Mais, naturellement, vous étiez inanimé, c'était plus simple, alors.

— Plus simple ? s'étrangla Fabien. Seigneur ! J'aurais préféré mourir plutôt que de me retrouver infirme !

Le visage de la jeune fille se ferma.

— Ne racontez pas de sottises ! Vous êtes sauf, c'est le principal. Savez-vous combien de soldats ont perdu l'usage de leurs pieds gelés ? Cette retraite de Russie fut horrible mais vous ne pouvez rien faire d'autre qu'accepter votre destin. Pensez à votre famille. Ils seront si heureux de vous retrouver.

— Je n'en suis pas certain, marmonna Fabien.

Pour sa mère, le travail primait tout. Or, il était incapable de s'occuper de la vigne comme il l'avait rêvé ou de travailler la terre. À moins que… Il devrait apprendre à se servir de son bras gauche, raisonner comme un infirme, ou un vieillard.

Brusquement, cette idée lui fut insupportable.

— Il fallait me laisser mourir ! s'emporta-t-il.
Tout, plutôt que de rentrer au pays manchot !

À cet instant, il songeait à Aurélie. Certes, il
savait qu'elle était perdue pour lui depuis qu'il
avait appris son mariage, mais il caressait toujours l'espoir, au fond de lui, de la retrouver un
jour. Comment pourrait-il soutenir son regard,
désormais ?

Il refusait de lui inspirer de la pitié, de la compassion ou, pis encore, du dégoût.

Il se mit à ricaner. Les yeux d'Eva s'emplirent
de larmes.

— Il ne faut pas réagir ainsi, je vous en prie,
lui dit-elle. Vous savez, avant que Napoléon ne
crée le grand-duché de Varsovie, il n'était pas rare
que des cosaques viennent sabrer les habitants
des villages. Pour s'amuser, paraît-il… Mon père
a souvent soigné ce genre de blessures, et les rescapés ont mené une vie presque… normale.

Fabien secoua la tête.

— Grand bien leur fasse ! Moi, je refuse cette
vie-là.

— C'est de la lâcheté, déclara-t-elle froidement.

Elle l'avait jaugé, et deviné son orgueil. Fabien
accusa le choc.

— Vous devez vivre, insista Eva. Ne serait-ce
que pour mon père, pour qu'il ne se soit pas battu
pour rien.

Il inclina la tête.

— Je ne vous promets rien.

Au fond de lui, il savait qu'il ne chercherait jamais à revoir Aurélie.

1814

Il avait gelé durant la nuit, et le ciel très bleu accentuait encore l'impression de froid. Ce n'était pas suffisant, cependant, pour retenir Aurélie au bourg. Melchior et elle avaient rendez-vous à Avignon avec un certain monsieur Bouvier, qui prétendait pouvoir guérir la surdité grâce à un traitement révolutionnaire. Malgré les doutes de son époux, Aurélie s'obstinait. Il devait bien exister un moyen ! répétait-elle à son père.

Tous deux se rendaient compte que Melchior souffrait de son handicap. Il savait lire et écrire, désormais, mais peinait toujours à communiquer avec son entourage. Sa mère et lui avaient mis au point une sorte de langage gestuel qu'ils étaient les seuls à comprendre, Marc-Antoine ayant prévenu dès le départ qu'il ne participerait pas à ces « mômeries ».

Aurélie souffrait de l'incompréhension entre le père et le fils.

Le notaire, en effet, vivait la surdité de Melchior comme une offense personnelle. Les époux se querellaient de plus en plus souvent à propos de l'enfant.

« J'étais si fier d'avoir un fils… » gémissait Marc-Antoine, sans se rendre compte que Melchior parvenait à suivre une conversation sur les lèvres. Dans ces moments-là, Aurélie lui reprochait avec force de s'attacher aux apparences, et Marc-Antoine menaçait de placer le petit garçon à l'asile. Il était capable de mettre sa menace à exécution sur un coup de colère, Aurélie le savait. Napoléon n'avait-il pas conféré tous les pouvoirs au père de famille comme à l'époux ? Cette idée la bouleversait.

« Décidément, ma pauvre petite, tu n'as guère de chance ! » avait commenté Tempérance, quelques jours auparavant, et la jeune femme n'avait pu s'empêcher de répondre : « À qui la faute ? » Elle se montrait injuste, elle le savait, mais l'angoisse la rendait agressive.

Elle avait donc emmené, ce matin-là, Melchior consulter monsieur Bouvier. Son père et sa tante lui avaient confié leurs économies car, naturellement, si elle ne manquait de rien, Marc-Antoine tenait désormais serrés les cordons de sa bourse.

Comme s'il avait eu peur qu'elle ne jette l'argent par les fenêtres… se dit Aurélie.

Elle fit claquer sa langue pour inciter la jument à trotter un peu plus vite. L'espoir montait en elle au fur et à mesure qu'ils s'éloignaient de La Roque.

Elle aimait ce temps sec, ce froid piquant. La plaine s'élançait vers l'horizon, couleur d'opale.

« Seigneur ! Pourvu que ce monsieur Bouvier nous vienne en aide ! » se dit-elle avec ferveur.

Melchior et ses santons occupaient toutes ses pensées. C'était pour elle le seul moyen de ne pas se tourmenter pour l'avenir. De son côté, Marc-Antoine ne dormait plus depuis que Napoléon avait perdu la campagne d'Allemagne. Son héros, la personne qu'il admirait le plus au monde, se trouvait en mauvaise posture, et il ne supportait pas cette idée. Marc-Antoine était devenu bougon, atrabilaire, parfois même violent. Le jour où il avait levé la main sur elle, elle l'avait défié du regard et, tête basse, il avait quitté la pièce. Au grand soulagement d'Aurélie, il s'était installé dans l'ancienne chambre de sa mère, sous prétexte que la jeune femme le réveillait en se levant pour aller voir Melchior.

Elle avait laissé une sonnette sur la table de chevet de son fils en lui recommandant de l'agiter s'il avait besoin de quoi que ce soit.

Comme pour se rassurer, elle pressa la main du garçon, assis à ses côtés sur le siège du boghei. Melchior lui sourit en retour.

« Nous y arriverons, mon fils », lui dit-elle après s'être tournée vers lui.

Elle voulait y croire.

Elle venait rarement à Avignon, et ce même si Marc-Antoine y possédait plusieurs biens. La grande ville lui faisait un peu peur avec son animation, la foule encline à bousculer ceux qui cherchaient leur chemin. Aurélie marqua une hésitation en arrivant sur la place Pie.

Elle tenait bien serrée la main de Melchior.

Une marchande à la toilette la renseigna.

— Le sieur Bouvier ? Il habite la grande maison au coin de la rue de la Carreterie. Bonne chance, ma belle ! On le dit âpre au gain.

Aurélie suivit ses instructions. Une charrette chargée de tonneaux arrivant à vive allure la fit sauter sur le haut du pavé, en plaquant Melchior contre le mur. Elle ne se sentait pas à sa place. C'était jour de marché et l'animation lui donnait un peu le tournis. Dans des paniers d'osier, les lièvres côtoyaient les perdreaux, les grives et les cailles. Un parfum de truffe, sensuel et tenace, faisait chavirer l'odorat d'Aurélie. Comme tout habitant du Comtat, elle goûtait particulièrement la saveur du diamant noir, alors que Marc-Antoine ne l'appréciait guère. Étant enfant, elle se rappelait avoir « cavé[1] » en compagnie de son père et de la chienne Vaillante. Elle avait cru mourir de chagrin le jour où Vaillante avait été victime d'un piège à loup. Charles Legendre avait dû mettre

---

1. Creuser le sol à la recherche de truffes.

fin aux souffrances de la pauvre bête et sa fille
en avait eu le cœur chaviré.

Melchior, impressionné par la foule, se cram-
ponnait à elle. Les marchands tentaient d'attirer
les badauds en criant : « Mange-moi ! » et elle
voyait bien que cela faisait peur à son fils. Elle
pressa le pas, mais elle se sentait cernée. Là, les
poissonnières hélaient le chaland en vantant la
fraîcheur de leurs anguilles, aloses, ablettes et de
poissons méditerranéens dont la jeune femme
ignorait jusqu'au nom. Un peu plus loin, les
maraîchers proposaient cardons et panais. Son
époux était friand de son gratin de cardes, mais
elle n'était pas venue à Avignon pour s'approvi-
sionner. Ayant enfin réussi à traverser la place Pie,
Aurélie chercha la demeure indiquée.

Son cœur battait à grands coups lorsqu'elle
laissa retomber le heurtoir. Une servante en
bonnet et tablier immaculés les introduisit dans
un vestibule de vastes dimensions qui aurait pu
contenir la maison de son père. Impressionné,
Melchior contemplait le bout de ses souliers.

— Attendez là, reprit la servante, désignant
une radassière garnie de plusieurs coussins.

Ils obéirent et s'assirent aux côtés d'une pay-
sanne qui avait posé à ses pieds son panier à claire-
voie. Ils attendirent longtemps, sans manifester
d'impatience. Quand enfin monsieur Bouvier se
présenta à eux, Aurélie réprima avec peine un
mouvement de recul. Le personnage, de haute

taille, avait le teint blafard, des yeux très clairs et des cheveux très blancs. Elle pensa aussitôt à un lapin albinos de Tempérance qui se battait avec les autres.

Elle entendait encore sa tante grommeler : « Saleté de bestiole ! »

Mal à l'aise, Aurélie suivit tout de même le maître des lieux en serrant fortement la main de son fils.

Il les fit pénétrer dans une grande salle où la lumière pénétrait à flots, et se tourna vers Melchior.

— C'est toi qui es sourd, mon garçon ? lança-t-il sur un ton indéfinissable.

Aurélie se porta aussitôt au secours de son fils.

— Melchior sait lire sur les lèvres, déclara-t-elle fièrement.

Bouvier haussa les épaules.

— Et alors ? Cela ne l'empêchera pas d'être en marge, de rester sa vie durant un infirme !

Chancelant sous ce qui ressemblait à un jugement sans appel, elle fit front cependant.

— Si je viens vous voir, c'est pour trouver une solution. Je tiens à ce que mon fils mène une vie normale.

Bouvier partit alors d'un grand rire.

— La bonne farce ! Il suffit de le regarder pour constater que cet enfant est débile.

Ignorant le sursaut de son interlocutrice, il poursuivit :

— Personne ne sait ce qu'est vraiment un sourd. Je pars du principe qu'il convient d'isoler, de surveiller, d'observer ces enfants défavorisés par la nature. L'un de mes maîtres, le guérisseur naturaliste Urbain-René Le Bouvyer-Desmortiers, a d'ailleurs proposé d'isoler dans une contrée déserte tous les sourds et les muets d'Europe afin qu'ils puissent retrouver leur vraie nature, préservée des dérèglements de la civilisation.

Aurélie secoua la tête.

— Il est hors de question que je me sépare de mon fils ! protesta-t-elle avec force.

Bouvier haussa à nouveau les épaules.

— À votre guise ! Dites-vous bien, cependant, que vous privez ce garçon d'une chance. J'ai moi-même poursuivi des expériences de galvanisme sur des enfants sourds. Mais, naturellement, c'est beaucoup trop savant pour vous.

— Détrompez-vous ! se cabra Aurélie. J'ai déjà lu des articles à propos de Luigi Galvani et je sais que les muscles des cuisses de grenouille se contractent au contact de métaux. Mais Melchior n'est pas une grenouille ! et je n'ai pas envie qu'il devienne un animal de foire ! Je crois que nous nous sommes trompés d'adresse en venant chez vous, monsieur Bouvier. Combien vous devons-nous ?

Il lui réclama une somme qu'elle jugea exorbitante, tout en mettant un point d'honneur à la régler sur-le-champ. L'argent n'était rien, se dit-elle, mais ce sale bonhomme avait méprisé Melchior, et elle ne le lui pardonnait pas.

Elle entraîna son fils vers le hall, puis vers la place Pie, tandis que le charlatan vociférait dans leur dos : « Vous pleurerez des larmes de sang en vous rappelant avoir refusé de m'écouter. Je suis le seul capable de soigner votre fils. Si vous ne faites rien pour lui, il finira réduit à l'état de bête. »

— Taisez-vous donc ! hurla Aurélie, sans se retourner.

À cet instant, elle aurait été capable de lui planter un couteau dans le cœur. Melchior posa la main sur le bras de sa mère, comme pour l'inciter à se calmer. Elle résista au désir de le serrer contre elle, éperdument.

« Plus tard », se dit-elle. Pour l'instant, elle n'avait qu'une hâte, rentrer à La Roque.

Place Pie, elle embrassa son fils avec emportement.

« Ce monsieur Bouvier est un âne ! » déclarat-elle en éprouvant la désagréable impression qu'il ne savait rien de plus qu'elle.

Elle avait tant espéré de ce rendez-vous ! Et se retrouvait encore plus désespérée qu'auparavant. Parce que Bouvier ne pouvait rien pour Melchior et que Marc-Antoine ne manquerait pas de triompher.

Son cœur se serra. Elle saisit la main de son fils.

— Viens ! Nous allons t'acheter une belle paire de souliers.

Faire comme si de rien n'était. Croire, coûte que coûte, que Melchior s'épanouirait en grandissant. Ils y parviendraient tous les deux.

— J'aurais dû rallier les rangs des fidèles de l'empereur quand il est passé tout près, en février, bougonna Marc-Antoine, le visage sombre.

Aurélie lui jeta un regard réprobateur.

— Parce que vous croyez sans doute que vous auriez été d'un grand secours à votre Napoléon, à votre âge, et avec votre jambe abîmée ? répliqua la jeune femme. C'est sûr, à vous seul, vous auriez pu sauver la situation, à Waterloo !

— Tais-toi, femme ! fit le notaire, la main levée.

Aurélie fit front.

— Sinon, vous allez me frapper ? Croyez-vous vraiment que j'aie peur de vous ? Vous n'êtes qu'un pauvre homme qui refuse d'admettre la différence de notre fils. Je pensais que vous aviez le cœur moins sec mais vous n'aimez que votre Napoléon !

Excédée, elle ôta son tablier, se dirigea vers la porte.

— Je vais chercher Melchior chez mon père. Votre souper est prêt. Inutile de nous attendre, ma tante nous gardera pour le repas.

Elle s'en alla sans prêter l'oreille aux malédictions proférées par son époux. À l'en croire, elle était une femme sans honneur, n'hésitant pas à abandonner le domicile conjugal. Elle connaissait la chanson ! Le caractère de maître Martin s'était terriblement aigri depuis l'exil de son dieu sur l'île d'Elbe.

Il avait repris vie en février dernier, quand Napoléon avait débarqué à Golfe-Juan, et avait suivi avec une impatience fiévreuse le vol de l'Aigle jusqu'à Paris. De son côté, Aurélie était restée indifférente. Elle vouait une rancune tenace à l'empereur assoiffé de batailles.

Même si elle s'était promis de ne plus songer à Fabien, elle ne pouvait s'en empêcher, la nuit, alors que son corps réclamait des caresses.

Dans ses accès de colère, le notaire la traitait de papiste, de royaliste. Aurélie n'en avait cure.

« Vous connaissiez mes opinions comme celles de ma famille avant de demander ma main. Cela ne vous gênait pas trop, alors ! »

Elle avait pris le pli de lui répondre, de rendre coup pour coup depuis le jour où elle l'avait surpris giflant Melchior. Elle s'était jetée sur lui et lui avait lancé, les dents serrées : « Ne recommencez jamais ça ! »

La haine, la rancœur, avaient remplacé l'affection qui avait pu les unir.

Chez son père, l'atmosphère lui parut réconfortante et sereine. Melchior s'élança vers elle. Elle le serra dans ses bras.

— Avez-vous bien travaillé tous les deux ? s'enquit-elle en prenant soin de bien détacher chaque syllabe.

Il opina du chef, l'air ravi.

— Tu as une petite mine, fit remarquer Tempérance.

— Ce n'est rien, un peu de fatigue, mentit la jeune femme.

Son père et sa tante échangèrent un regard entendu. Ils se doutaient que l'entente ne régnait pas au sein du couple mais n'imaginaient certainement pas que les deux époux ne pouvaient plus se supporter.

Charles Legendre bourra sa pipe d'un geste machinal.

— Il fait si chaud, je me sens un peu oppressé moi aussi. Je n'ai pu rester à l'atelier tantôt, j'y étouffais.

— Cette chaleur est difficilement supportable, renchérit Tempérance.

Aurélie ne souffla mot. Elle était plus ébranlée qu'elle n'aurait voulu l'avouer par l'éclat de Marc-Antoine. Elle en venait à se dire qu'ils ne pourraient plus vivre longtemps ainsi, avec Melchior entre eux deux. Elle désirait avant tout protéger leur fils, et les accès de violence du notaire l'effrayaient.

Son père posa sa main tavelée, marquée par des
éclats de bois, sur la sienne.

— J'ai cherché à assurer ta sécurité, ma fille.
J'espère ne pas avoir commis d'erreur.

Le regard lointain, elle haussa les épaules.

— De toute manière, il est trop tard, désormais, répondit-elle.

Tempérance piqua du nez vers son ouvrage.
Oh ! elle pouvait se sentir coupable mais, au fond,
cela n'avait plus vraiment d'importance, se dit
Aurélie. Les années avaient passé, Fabien l'avait
oubliée depuis longtemps. S'était-il marié au cours
de l'une des campagnes napoléoniennes ? Désirée
Carat avait quitté le bourg l'an passé. Pauline s'était
mariée. Les jumeaux Jacques et Sylvie travaillaient
comme apprentis à Carpentras. Elle avait mis ses
terres en fermage et était partie avec quelques
meubles empilés sur une charrette. L'événement
avait été commenté au village, où Désirée n'était
pas forcément appréciée. On la jugeait fière, et peu
causante. Un vice rédhibitoire, alors que chacun
aimait à bavarder à propos de son voisin. Comme
on n'avait jamais revu Fabien à La Roque, on s'était
demandé s'il était encore en vie.

Les guerres napoléoniennes n'avaient-elles pas
saigné à blanc le pays ? Aurélie avait refusé de se
laisser gagner par ces interrogations. Pour elle,
Fabien appartenait bel et bien au passé.

Tempérance servit la soupe aux fanes de radis
puis l'aïoli traditionnel, puisqu'elle avait pu se

procurer de la morue deux jours auparavant sur le marché de Pernes.

Elle l'avait préparé suivant la recette qu'elle tenait de sa mère. Après avoir fait dessaler la morue la veille, elle l'avait fait cuire à petit bouillon avec un bouquet garni et un oignon. Elle avait ensuite fait cuire séparément les carottes, le chou-fleur, les haricots verts et les panais. Restait l'aïoli à préparer : dans un mortier en marbre, elle avait mis deux gousses d'ail hachées, deux jaunes d'œuf, du sel et du poivre, versé l'huile d'olive en filet et fouetté vigoureusement. Comme toute Provençale, elle savait que l'aïoli était prêt quand le pilon tenait tout seul au milieu du mortier.

Charles Legendre et Melchior y firent honneur mais Aurélie se contenta de picorer. Comme sa tante lui en faisait la remarque, elle secoua la tête.

« Ne faites pas attention, ma tante, je n'ai pas faim. »

Tempérance et Charles soupirèrent en même temps. Brusquement, Aurélie faillit fondre en larmes. Sa vie auprès de Marc-Antoine lui pesait tant que ses nerfs prenaient le dessus.

Elle se ressaisit, sans parvenir à dissimuler son trouble.

— Tu devrais rendre visite à notre vieux Silvère, lui conseilla son père tout à trac. Il me disait tantôt que tu lui manquais.

Elle esquissa un geste inachevé de la main.

— À moi aussi il me manque ! Mais chaque jour, il y a une priorité, et…

Cette fois, elle ne put retenir ses larmes. Tempérance toussota, Charles se racla la gorge et Melchior se jeta dans ses bras. La jeune femme serra son fils contre elle.

— Va voir Silvère et travaille un peu avec lui, lui conseilla son père. Il se languit de toi, le pauvre.

Elle acquiesça après avoir embrassé Melchior et lui avoir expliqué qu'elle allait confectionner des santons en compagnie de son vieil ami. Le garçon courut chercher le livre relié de rouge qu'il était en train de lire avec l'aide de son grand-père.

« Quelle chance tu as ! s'écria Aurélie, sincère. J'ai passé de merveilleux moments en compagnie de Robinson Crusoé ! »

Elle s'éclipsa et marcha vite jusqu'à l'atelier du santonnier. Il l'accueillit avec plaisir.

— Quelle bonne surprise, Aurélie ! Viens voir, je peine sur un meunier et son sac de farine.

Elle se pencha au-dessus de son épaule.

— Oh ! Silvère ! J'aime tant son visage !

— Oui, il n'est pas trop mal. En revanche, impossible de créer des femmes. Vois-tu, je dois avoir de trop grosses pattes.

— J'ai plein d'idées, lança Aurélie sans réfléchir. Une bohémienne avec son petit dans les bras, une femme à la lanterne, et puis aussi une poissonnière…

— Eh bien ! Qu'attends-tu pour te mettre au travail ?

Silvère et son père avaient dû se concerter pour lui changer les idées, songea Aurélie tout en s'asseyant à la grande table en bois patiné.

Peu lui importait. Dans l'atelier du santonnier, elle parvenait à oublier ses tourments.

Août 1815

Le soleil seyait à Avignon, remarqua Marc-Antoine. La pierre des remparts prenait une délicate couleur dorée, ce qui faisait ressortir l'élégance de l'architecture.

Il se demanda si Aurélie accepterait de venir s'installer en ville. Après tout, cela leur permettrait peut-être de repartir sur de nouvelles bases ? Il souffrait de l'éloignement entre son épouse et lui, et en faisait porter la responsabilité à Melchior. C'était la faute de son fils infirme ; si seulement Aurélie avait accepté de le placer dans un asile !

Bien qu'il fût handicapé lui aussi, le notaire n'éprouvait pas de compassion à l'égard de son garçon. Il ne voyait en lui que son espoir déçu de ne pas avoir l'héritier dont il rêvait.

Il n'était peut-être pas trop tard, se dit-il brusquement. Aurélie pouvait avoir d'autres enfants. Après tout, elle n'avait pas trente ans.

Mais pour ce faire, tous deux devaient se réconcilier. Force lui était de reconnaître qu'il ne s'était pas montré agréable avec sa jeune épouse. La déception, une méchante douleur à l'épaule, le souci de l'abdication de l'empereur, avaient rendu le notaire atrabilaire. Il avait l'impression que son monde se défaisait, que plus rien ne serait pareil depuis le départ de Napoléon.

Il se dirigea vers l'immeuble qu'il possédait rue de la Carreterie. Depuis deux mois, il avait maille à partir avec l'un de ses locataires qui ne payait plus ses loyers. Maître Martin avait décidé de tenter une ultime conciliation avant d'avoir recours à l'huissier. Il faisait beau, un temps qui aurait dû lui réjouir le cœur et l'âme. Cependant, il ne parvenait pas à se sentir au diapason. En chemin, il ruminait à propos des massacres perpétrés à Marseille. L'annonce de la défaite de Napoléon à Waterloo avait provoqué non seulement de graves affrontements entre royalistes et fédérés mais aussi les assassinats de militaires, de commerçants, de gendarmes et d'anciens mamelouks.

D'abord désagréablement impressionné, Marc-Antoine avait fini par se convaincre qu'il n'avait rien à craindre. Qui se serait soucié d'un notaire de province admirateur de Napoléon ? D'ailleurs, il n'y avait pas eu de troubles au bourg, à la différence de ce qui s'était passé à Monteux ou à Sorgues. Rassuré, il avait résolu de se rendre à

Avignon pour ses affaires. Son locataire commençait en effet à lui échauffer sérieusement les oreilles !

Onze heures sonnèrent sur la place de l'Horloge. Il vérifia en tirant sa montre qu'elle indiquait l'heure juste et esquissa une grimace. Il avait tant attendu d'avoir un fils ! Et celui-ci ne correspondait pas à ses rêves.

« C'est la vie ! » soliloqua-t-il.

Au fond de lui, il savait qu'il ne se remettrait jamais de l'infirmité de Melchior.

Il frappa à l'huis de Coméard, son locataire. L'homme en question, un tonnelier bâti en force, lui ouvrit et faillit lui refermer la porte au nez en le reconnaissant. Il ne laissa pas à Marc-Antoine le loisir de formuler ses réclamations.

— Je n'ai pas l'intention de vous payer ! lança-t-il d'un ton résolu.

Le notaire éleva la voix. Il était dans son bon droit, il avait la loi pour lui.

— La loi ! ironisa Coméard. Parlons-en ! Aujourd'hui, ce qui compte, c'est la loi des royalistes. Vous, les bonapartistes, on va vous faire la peau !

Des murmures approbateurs saluèrent sa dernière remarque. Marc-Antoine se sentit tout à coup mal à l'aise et se dit qu'il avait peut-être eu tort de venir à Avignon. C'était comme une impression bizarre, le sentiment d'avoir commis une erreur. Déjà, on faisait cercle autour de lui.

— Laissez-moi passer ! ordonna-t-il du ton dont il usait avec son saute-ruisseau.

Le tonnelier ricana.

— On ne prend pas ses grands airs avec nous, maître Martin ! L'heure de la revanche a sonné. Plus de loyers, plus de dettes ! Les jacobins n'ont rien à faire chez nous.

— À mort ! gronda la foule, qui avait continué de se masser devant la porte de l'immeuble.

Cette fois, Marc-Antoine prit vraiment peur, et se souvint de ce qui s'était passé à Marseille. Il commit l'erreur de vouloir forcer le passage. Aussitôt, Coméard le saisit à la gorge et le secoua d'importance.

— Tu ne penses quand même pas t'en sortir comme ça, affameur ! lança-t-il.

La haine déformait son visage. Marc-Antoine tenta de se débattre, en vain. Un croc-en-jambe le fit s'effondrer sur le pavé. Il comprit alors qu'il était perdu.

Aurélie avait d'abord pensé que, après leur querelle, son époux avait décidé de rester deux jours à Avignon. Après tout, il avait à y faire mais ne se confiait guère au sujet de ses possessions. Occupée par son travail chez Silvère, elle ne s'inquiéta pas outre mesure. Au fond d'elle-même, elle se sentait plutôt soulagée de ne pas le voir revenir. Ce répit lui convenait tout à fait. Elle le mit à profit pour créer de nouveaux santons dans l'atelier de son vieil ami. Des femmes, comme de plus en plus souvent. Pendant ce temps, Melchior restait chez son grand-père où il découvrait avec émerveillement des livres de contes.

Rassurée à son sujet, libre pour la première fois depuis longtemps, Aurélie se consacrait exclusivement à sa passion.

Désormais, elle façonnait elle-même ses moules et y prenait grand plaisir. Elle aimait à travailler de ses mains, elle sentait la matière s'animer sous ses doigts et elle anticipait déjà le moment où elle sortirait ses moules du four, après une dizaine d'heures de cuisson et un à deux jours de refroidissement.

Il fallait ensuite utiliser de la colle de peau de gant pour supprimer la porosité du santon afin que la peinture adhère bien. Elle utilisait de la peinture à l'huile qui conférait à chaque pièce une patine à peine perceptible. Enfin, elle habillait avec beaucoup de soin chacune de ses figurines.

Silvère la laissait œuvrer en paix, sans venir regarder par-dessus son épaule, ce dont elle avait horreur. Melchior, en revanche, ne se gênait pas pour venir la surprendre et « patouiller », comme disait sa mère, dans l'argile. Son visage exprimait alors joie et fierté, ce qui comblait Aurélie.

Le 28 août, l'arrivée de deux gendarmes fit grand bruit dans le bourg. Ils s'arrêtèrent à la mairie, se concertèrent avec le premier édile avant

de reprendre la route d'Avignon. Celui-ci se dirigea vers la maison de maître Martin.

— Je pensais que notre bourg serait épargné
par la violence, hélas, je me trompais, déclara le
maire après avoir salué Aurélie.

Il lui annonça la mort de Marc-Antoine en lui
expliquant que, ce jour-là, à Avignon, les royalistes, rejoints par des gens de sac et de corde,
s'étaient livrés à des massacres sanglants. On avait
même échaudé un boulanger dans son pétrin…

Après avoir été roué de coups, maître Martin
avait été jeté dans le Rhône. Son corps, ainsi que
ceux d'autres victimes de la deuxième Terreur
blanche, avaient été retrouvés en Arles plusieurs
jours plus tard. Le maréchal Brune lui-même avait
été assassiné et jeté lui aussi dans le fleuve.

Le maire enveloppa Aurélie d'un regard
empreint de compassion.

— Je suis désolé, lui dit-il. Vraiment. Nous
vivons une drôle d'époque.

La jeune femme inclina la tête. Elle ne parvenait pas à réagir, hésitant entre incrédulité et
révolte. Certes, le comportement de son mari
l'avait déçue, mais elle ne pouvait admettre cette
mort injuste autant que sordide. Et Melchior…
Comment pourrait-elle lui expliquer la situation ?

— Pourquoi ? reprit-elle. Marc-Antoine s'efforçait de faire le bien autour de lui.

— N'oubliez pas : l'homme est un loup pour
l'homme, cita doctement Garrichon, le maire.

Aurélie esquissa un haussement d'épaules. L'accablement l'empêchait de répondre. Qu'aurait-elle pu dire, d'ailleurs ?

Dès que le maire fut reparti, elle jeta un fichu sur son caraco et courut chez son père. Melchior aidait Charles à l'atelier. Elle expliqua la situation au menuisier en s'arrangeant pour que son fils ne puisse lire sur ses lèvres. Son père accusa le coup.

— Seigneur ! marmonna-t-il. Marc-Antoine avait beau être un bonapartiste notoire, c'était tout de même un brave homme et il ne méritait pas ce sort. Que vas-tu faire, ma fille ?

De nouveau, elle haussa les épaules. Tout son corps était douloureux, elle avait la tête vide, des vertiges, l'impression qu'elle allait s'effondrer.

— Me battre, répondit-elle enfin. Monsieur Garrichon m'a dit que le corps de Marc-Antoine avait été inhumé en Arles. Melchior et moi nous rendrons sur sa tombe. Ensuite… Je suppose que je devrai vendre l'étude, et les immeubles d'Avignon.

— Ta tante et moi vous accompagnerons, décida Charles Legendre. Sois forte, ma fille. Ton fils a besoin de toi.

Elle acquiesça tristement. À cet instant, elle comprit que, malgré leurs désaccords, son époux lui manquerait souvent.

1819

Aurélie jeta un rapide coup d'œil au miroir qui ornait son logement et vérifia qu'elle avait bien noué sous le menton les brides de son chapeau.

La capote de velours bronze s'accordait avec ses cheveux fauves. Il y avait longtemps qu'on ne la traitait plus de rouquine ou de sorcière et elle était assez fière de son parcours, même si sa solitude lui pesait.

Sa vie avait été bouleversée au cours des dernières années. L'assassinat de Marc-Antoine avait suscité chez elle le refus obstiné de retourner à Avignon. La Ville des Papes lui inspirait une sorte d'horreur, il lui était impossible de placer ses pas dans ceux du notaire. Elle avait donc fait appel à un tabellion de Monteux pour mettre en vente les immeubles possédés rue de la Carreterie et place Pie. Celui-ci lui avait cependant fait valoir qu'elle demeurait une mineure pour la loi et que seul Melchior pourrait vendre les biens à sa majorité.

Découragée, elle s'était résignée à charger le notaire de lui trouver des locataires. Les revenus des immeubles lui avaient permis de prendre un nouveau départ. Il lui était difficile, en effet, de rester à La Roque où des rumeurs circulaient à son sujet. Certaines bonnes âmes étaient allées jusqu'à émettre l'idée qu'elle était responsable de l'assassinat de son époux, afin de ne plus avoir de comptes à lui rendre. Aurélie devinait qui était à l'origine de ces horreurs.

Quelques mois avant la chute de Napoléon, Fanchon avait dû les quitter pour aller soigner sa mère malade à Aubignan. Ils l'avaient remplacée par une certaine Sophie, âgée d'une trentaine d'années, qui béait devant Marc-Antoine. D'emblée, elle s'était montrée désagréable avec Aurélie, ergotant à propos de la lessive ou des menus à préparer.

Circonstance aggravante, Sophie singeait Melchior dans son dos, et Aurélie l'avait tancée à ce propos. Elle désirait la renvoyer quand Marc-Antoine était parti pour Avignon. Soucieuse de ne pas garder à son service une personne désagréable, elle s'était séparée d'elle à son retour d'Arles. Furieuse, Sophie avait juré de se venger. Il ne fallait pas chercher plus loin…

Cependant, ses allégations avaient trouvé quelques oreilles complaisantes. Le changement

de statut d'Aurélie, une dizaine d'années auparavant, avait suscité des jalousies. Veuve avec un
enfant handicapé, la jeune femme constituait une
proie facile.

De plus, l'heure était aux règlements de
comptes. Certes, le père d'Aurélie était royaliste
mais son époux avait été un farouche partisan de
l'empereur. Son fils et elle se retrouvaient donc
placés dans une situation délicate.

Dans les deux camps on se défiait d'eux.
Charles lui-même avait incité sa fille à s'installer
ailleurs. Les loyers lui permettaient de vivre dans
une certaine aisance. Soucieuse d'assurer l'avenir
de son fils, elle s'était rapprochée de Marseille
après avoir découvert l'existence d'un certain
Gilles Desprez, qui avait créé une école destinée
aux sourds et muets dans un endroit isolé, situé
à mi-chemin entre Aix et Aubagne. L'École de
l'Espérance avait séduit la mère et le fils. Une
quinzaine d'enfants et adolescents y suivaient les
cours dispensés par une équipe de passionnés,
pour la plupart issus de l'Institut des sourds et
muets de Paris.

Melchior, qui y séjournait la semaine, s'était
épanoui. Il rêvait de devenir jardinier, et sa mère
l'encourageait en ce sens. Elle-même avait ouvert
un atelier de santonnier à la sortie d'Aix. Ou,
plutôt, l'atelier avait été inscrit au nom de Silvère
Truphème qui avait décidé d'accompagner sa
protégée.

Le fait de travailler ensemble lui avait rendu une nouvelle jeunesse. Il avait perdu de son acuité visuelle et ses mains noueuses étaient parfois responsables de quelques défectuosités, mais tous deux s'entendaient toujours le mieux du monde.

Célibataire, Silvère avait quitté La Roque sans regrets excessifs. De toute manière, Aurélie avait besoin de lui et il l'aiderait tant qu'il le pourrait. À quatre-vingt-trois ans, il se sentait encore vaillant.

Il savait que la jeune femme rêvait d'exposer sa production à Marseille, sur le cours Belsunce, durant la période calendale[1]. Le premier marché des santons avait eu lieu en 1803, sur le cours Saint-Louis. Il y avait alors seulement trois marchandes qui avaient osé installer leurs figurines sur des tables.

Très vite, le succès avait entraîné le déplacement du marché des santons vers le cours Belsunce. Silvère, qui avait travaillé chez le grand Lagnel, avait encore des relations chez les figuristes et autres santonniers. Il espérait bien pouvoir introniser Aurélie dans le monde des figurines.

Cette perspective la stimulait, même si elle n'osait trop y croire. Elle était une femme et, comme telle, faisait l'objet d'une certaine défiance.

---

1. En Provence, cette période commence le 4 décembre, jour de la Sainte-Barbe, et se termine le 2 février, jour de la Chandeleur.

Peu lui importait. Elle suivait son chemin, animée par le désir de création qui l'habitait.

En fin de semaine, lorsqu'elle allait rechercher son fils à l'école, elle s'accordait une récréation pour parcourir avec lui les chemins menant à la Sainte-Victoire. Melchior, tout comme elle, aimait marcher et prenait plaisir à observer la nature. De son côté, Aurélie puisait son inspiration auprès de personnes rencontrées durant leurs promenades. Elle avait ainsi conçu une vieille femme au fagot, une autre tirant sa chèvre rétive, un chasseur de truffes accompagné d'une truie en laisse… Ce dernier santon avait obtenu un beau succès.

Tout au long de l'année, on venait chez elle passer commande pour le prochain Noël.

Son père et sa tante lui avaient rendu visite une seule fois. Pour eux, en effet, il s'agissait d'une véritable expédition ! Ils allaient en charrette à Avignon, où ils prenaient la patache d'Aix. Le voyage était long et inconfortable. Aussi, Aurélie venait-elle les voir à La Roque une ou deux fois par an. Melchior était toujours heureux de revoir le bourg où il avait grandi et son cher grand-père, mais Aurélie avait bel et bien tourné la page. Tout, sur les lieux de son enfance, lui paraissait plus étriqué que dans son souvenir.

Elle n'y avait pas laissé de véritables amis. Fabien seul aurait pu lui manquer, mais cela faisait si longtemps !

Elle travaillait, s'occupait de son fils, heureuse de ses progrès. Elle avait l'impression d'avoir grandi, et sa nouvelle indépendance lui convenait fort bien, même si Tempérance grognait souvent : « Ce n'est pas convenable. »

Tempérance restait une femme du XVIIIe siècle !

Lilou, la petite chienne offerte par son père, s'agita sous la table. Aurélie jeta un coup d'œil à la pendule accrochée au mur et esquissa un sourire. Il était grand temps de se mettre en route pour aller chercher Melchior !

Elle s'enveloppa d'une cape doublée de tissu matelassé, après avoir prévenu Silvère de son absence. Une fois dehors, Lilou jappa et sauta sur le siège de la jardinière.

« En route ! » s'écria Aurélie, joyeuse elle aussi.

Était-elle heureuse ? Elle préférait ne pas se poser la question.

1820

Une foule attentive se pressait le long des allées du cours Belsunce.

En ce début d'Avent, les Marseillais venaient effectuer leurs emplettes afin de décorer la crèche familiale. Celle-ci était devenue une véritable institution et l'époque de la Nuit des Crèches[1] était bel et bien révolue. On aimait acquérir toujours plus de santons, pas seulement pour confectionner une belle crèche mais aussi pour manifester une sorte d'acte de foi.

Installée dans l'une des baraques qui se tenaient sur le Cours du 1er décembre au 6 janvier, Aurélie observait tout, les passants comme les autres santonniers, avec un plaisir non dissimulé. Elle avait déjà échangé avec ses voisins, et admiré leur

---

1. Période révolutionnaire durant laquelle les crèches étaient interdites.

travail. Les artisans présents sur le marché étaient passionnés comme elle. Certains présentaient des santons habillés, plus grands.

Aurélie restait fidèle aux santons en terre cuite. Silvère la rejoignait en début d'après-midi, quand le soleil avait un peu réchauffé le Cours. Tous deux étaient hébergés chez une parente de Silvère, la vieille Toinon, une ancienne bugadière, qui habitait non loin du port.

Le soir, à la veillée, Aurélie aimait à les entendre égrener leurs souvenirs d'antan, quand la vie leur paraissait plus douce, précisément parce qu'ils étaient plus jeunes. Elle les écoutait évoquer la période prérévolutionnaire, et parler de leur ancêtre commune, une certaine Anna, personnage haut en couleur.

Aurélie esquissa un sourire. Créer ses santons lui procurait un bonheur incomparable. Certes, à un peu plus de trente ans, elle vivait seule la plupart du temps, mais cela ne lui pesait pas vraiment. Il y avait beau temps qu'elle avait tiré un trait sur sa vie de femme.

Son fils, ses santons, suffisaient à son bonheur. Le souvenir de Marc-Antoine s'était estompé au fil des années. Son départ de La Roque l'avait aidée à surmonter le traumatisme de la mort brutale de son époux. Elle ne croyait plus en l'amour, qui lui paraissait constituer une fâcheuse cause de souffrance.

— Holà, ma belle ! Deux sous pour tes pensées !

Manon, bouquetière accorte, lui tendit un bouquet de violettes.

— Accroche-les à ton corsage, mes violettes te porteront bonheur ! Des demi-soldes se bousculent pour me les acheter. Il paraît que leur Napoléon avait promis, quand il est parti sur l'île d'Elbe : « Je reviendrai au temps des violettes. » C'est bien ce qu'il a fait, le bougre d'homme, en février 1815.

Une ombre voila les yeux bleus d'Aurélie. Il lui arrivait encore assez souvent de penser à Fabien. Elle se demandait s'il était toujours en vie, s'il l'avait oubliée…

— Merci, dit-elle à Manon d'une voix enrouée.

Elle saisit le bouquet, l'accrocha d'un geste preste à son corsage.

— Ianthe… la jeune fille aux violettes dans la mythologie grecque, déclara-t-elle, rêveuse. Seul problème : je ne suis plus une jeune fille.

— Tu cherches la flatterie, petite !

— Pas le moins du monde ! protesta Aurélie.

D'un geste décidé, elle sourit à un groupe de passants qui paraissaient intéressés.

Manon lui adressa un clin d'œil.

— Je te laisse avec tes clients. Belle journée, petite, à demain.

La famille qui admirait ses santons fit l'acquisition d'une femme à la lanterne, d'un berger, et d'une Marie sur son âne gris.

— On représente toujours Marie dans la crèche, mais on oublie qu'elle a souvent dû se reposer en montant sur l'âne guidé par Joseph, expliqua Aurélie.

Son acheteuse lui sourit.

— Vos santons sont si… vivants ! Merci.

Émue, la jeune femme sentit ses joues s'empourprer. Elle avait l'impression d'être comprise, et appréciée.

Elle aurait voulu partager sa joie avec Silvère, mais il ne l'avait pas encore rejointe.

Elle salua sa cliente et jeta un coup d'œil autour d'elle. Un demi-solde, reconnaissable à sa longue redingote bleue pincée à la taille, impeccablement boutonnée, l'observait sans mot dire. Son chapeau dissimulait en partie son visage mais elle sentait son regard peser sur elle. Gênée, elle détourna la tête. Ces militaires déchus suscitaient chez elle un malaise indéfinissable. Ils gardaient une allure martiale avec leur grosse canne, leur pantalon à la hussarde, leurs bottes garnies d'éperons, et leur chapeau haut de forme, le « bolivar », évasé et à large bord.

Lorsqu'elle apercevait un demi-solde, elle songeait à Fabien et à Marc-Antoine. Elle tenait rigueur à Napoléon de tous les drames que sa soif de gloire avait provoqués. Elle ne pourrait jamais le lui pardonner. Quelle importance ? se dit-elle. Marc-Antoine avait été assassiné et Fabien avait certainement disparu, en Espagne ou en Russie.

« Ne pense pas trop souvent aux morts. Les vivants ont besoin de toi, à commencer par ton fils ! » lui avait lancé Toinon quelques jours auparavant.

Aurélie saisit sa dernière femme à la lampe, comme pour se donner du courage. Elle en avait déjà vendu une vingtaine depuis les débuts du marché et se sentait presque orpheline. Silvère l'avait mise en garde à ce sujet : « Ne t'attache pas trop à tes santons. Ton but est d'en vendre le plus possible. »

Certes, elle en convenait. Les études de Melchior étaient onéreuses, tout comme la location de la baraque sur le Cours. Elle ne pouvait se permettre de « faire du sentiment », comme l'aurait dit Tempérance. Sa voisine, Silviane, lui adressa un petit signe de la main. Aurélie avait été agréablement surprise de l'ambiance chaleureuse régnant parmi les santonniers. Quelques-uns travaillaient en couple.

Machinalement, la jeune femme chercha du regard le demi-solde. Il n'avait pas bougé. Elle l'avait aperçu la veille, ainsi que l'avant-veille. Il n'avait pas acheté de santon, ne s'était pas approché des baraques. Que venait-il faire cours Belsunce ? Depuis l'assassinat du duc de Berry, survenu en février, les ultras avaient encore gagné du terrain, et les demi-soldes étaient fort mal vus.

De nouveau, Aurélie regarda du côté de l'ancien militaire. Elle remarqua sa manche gauche qui pendait un peu, et son cœur se serra. Tant de vétérans de la Grande Armée étaient revenus infirmes ! Une nouvelle fois, elle éprouva un sentiment de rancœur à l'égard de l'ex-empereur. Elle ne le plaindrait certainement pas, même s'il s'ennuyait à périr sur son caillou de Sainte-Hélène !

Hésitante, elle reposa la femme à la lanterne sur le présentoir. Un toussotement la fit sursauter. Le demi-solde se tenait devant elle. Il ôta son chapeau pour la saluer et elle eut un vertige. Sous le choc, elle ferma les yeux. Lorsqu'elle les rouvrit, il était toujours là. Elle articula avec peine : « C'est bien toi ? »

Il inclina la tête. Il avait vieilli, mais elle reconnaissait ses yeux verts, la fossette que creusait son sourire, et ses cheveux désormais grisonnants aux tempes dans lesquels elle aimait à passer les doigts écartés.

Quel âge avait-il donc ? Trente-cinq ans. Toutes ces années, Seigneur !

« Comment m'as-tu retrouvée ? » reprit-elle.

Elle avait besoin de parler, pour ne pas se laisser submerger par l'émotion. Lui au contraire paraissait tétanisé. Il s'exprima enfin d'une voix basse, légèrement voilée.

« Je suis passé par le bourg. Il fallait que je te voie, tu comprends, tu m'avais tellement manqué au cours de ces années… »

Elle plaqua les mains sur son visage.

Elle avait chaud, elle avait froid, envie de rire et de pleurer en même temps.

— Fabien, toutes ces années… Je te croyais mort…

Brusquement, elle se ressaisit.

— Tu as vu mon père ? Ma tante ? Elle t'a dit, pour…

Il ne la laissa pas achever sa phrase.

— Oui, Lie, je sais que tu n'as pas reçu mes lettres. Elle te les a données en 1808.

Elle inclina la tête.

— Et je les ai brûlées sans les lire. Tu comprends, il était trop tard. J'étais mariée, je venais d'avoir mon petit garçon…

— Ton père y est très attaché.

— Oui, ils s'entendent bien tous les deux. Père a été très présent auprès de Melchior pour l'aider à surmonter son handicap. Il est sourd, précisa-t-elle, avant de lui jeter un regard empreint de défi.

Fabien ne détourna pas les yeux.

— Je t'admire, Lie, pour tout ce que tu as fait.

— Ne m'appelle pas ainsi, je t'en prie, souffla-t-elle. Nous étions jeunes, alors, et si insouciants. La vie s'est chargée de nous ôter nos illusions.

Sa voix lasse contenait un abîme d'amertume.

Bouleversé, Fabien ne put résister et posa la main sur son poignet.

— J'ai compris, moi aussi, combien la guerre était éloignée de ce que j'imaginais. Une véritable descente aux enfers… Tu avais raison en tentant de me mettre en garde mais j'étais le seul capable d'aider ma mère.

— As-tu retrouvé ta famille ? Ta mère a quitté La Roque il y a plusieurs années.

— C'est une histoire un peu compliquée, répondit-il. Ma mère s'est remariée avec un artisan cordonnier. Ils se sont installés à Cavaillon. Je crois qu'elle avait un peu honte.

— Pourquoi donc ?

— Oh ! tu sais comment elle est… elle a eu peur des critiques, d'un charivari même peut-être…

Tous deux savaient que la jeunesse était souvent cruelle avec les veufs qui se remariaient. On leur réservait un traitement spécial : quolibets, jets de cailloux contre les volets de la maison où ils s'installaient, « concert » de marmites et de pots en fonte…

— C'est bien pour ta mère, déclara Aurélie avec effort.

Elle n'avait pas oublié les remarques de Désirée Carat. Fabien ne s'y trompa pas. Il haussa légèrement les épaules.

— Elle a regretté, par la suite, d'avoir été un peu vive avec toi. Elle n'a pas le caractère très facile.

Elle jugea prudent de ne rien répondre. Désirée Carat l'avait plongée dans le désespoir et Aurélie ne croyait guère en ses regrets. Elle savait seulement qu'elle n'avait pas envie de la revoir.

Fabien lui sourit.

— Toutes ces années, ma douce… Je t'ai emmenée avec moi sur les chemins d'Espagne et de Russie.

Bouleversée, elle serra ses mains l'une contre l'autre. Elle aurait aimé se blottir dans ses bras mais se répétait qu'il était trop tard.

— Les années nous ont changés, déclara-t-elle doucement, avec une certaine prudence.

Elle aurait désiré réfléchir à leurs retrouvailles, laisser le calme revenir en elle, mais c'était impossible tant que Fabien demeurait en face d'elle.

Brusquement, elle sut ce qu'elle devait lui dire.

— Peux-tu revenir demain, Fabien ? Je suis si bouleversée que je ne parviens même plus à penser. Et puis, j'aimerais te présenter mon fils.

Il inclina la tête.

— Je serai heureux de faire sa connaissance, Aurélie. Mais cela ne changera rien à mon désir. Je voudrais rattraper le temps perdu, t'épouser, si tu le veux bien.

— Qui te dit que je suis d'accord ?

Menton levé, yeux chargés de défi, il la retrouvait telle qu'elle était avant son départ. Vive, et passionnée. Les années l'avaient marquée. Elle était toujours ravissante, cependant, et les passants ne se gênaient pas pour lui adresser des compliments.

De nouveau, il tendit la main vers elle.

— Aurélie… Je t'aime, je n'ai jamais cessé de t'aimer. C'est mon infirmité qui te gêne ? Je suis toujours capable de faire vivre ma famille, tu sais, même avec un bras en moins. J'ai des terres dans le Comtat, et de la vigne.

— Je me suis persuadée que je pouvais fort bien vivre sans toi, répondit la jeune femme d'une voix lointaine.

Pendant toutes ces années, elle avait cherché à se préserver et n'avait vécu que pour son fils. Et, à présent qu'elle avait retrouvé Fabien, elle mourait de peur. N'allait-il pas disparaître à nouveau ? Pouvait-elle vraiment croire au bonheur ?

Il lut ces questions sur son visage expressif et s'enhardit à la rejoindre de l'autre côté de son étal. Face à lui, elle éprouva un vertige. Il tendit vers elle son bras unique, la serra contre lui et, lentement, but la larme qui roulait sur sa joue.

— Aurélie, ma douce… Tu ne crois pas que nous avons déjà assez souffert, depuis toutes ces années ?

Bouleversée, elle rendit les armes.

— Tu m'as tant manqué, souffla-t-elle. Ton amour, notre complicité… J'ai pensé que tu m'avais oubliée et puis, ensuite, c'était trop tard, nous nous étions perdus l'un et l'autre. Il y a Melchior, aussi, nous sommes soudés, mon fils et moi.

— Crois-tu réellement que je voudrais te séparer de ton fils ?

Il lui sourit avec une infinie tendresse.

— Mon seul désir est que nous soyons heureux tous les trois.

Alors seulement, elle se laissa aller et lui tendit les lèvres.

Elle ne vit pas le regard réjoui de Manon.

— Nous allons bientôt avoir une belle noce ! s'écria la bouquetière.

Elle allait s'empresser d'annoncer la bonne nouvelle à son amie Toinon.

LES ROSES SONT ÉTERNELLES

Comme chaque matin, Hector Vernier se leva avec le soleil et se prépara lui-même son café à la bohémienne en jetant quelques pincées de café moulu dans l'eau bouillante. Il avait pris ce pli depuis que Colombe n'était plus à ses côtés. Fine, la servante, descendit dans la salle alors qu'il terminait de boire son café debout.

Hector jeta un coup d'œil distrait au décor familier. Pourquoi la salle, jadis si chaleureuse, lui paraissait-elle maintenant impersonnelle ?

Les meubles étaient pourtant les mêmes, en noyer patiné par plusieurs générations de Vernier. La grande table pouvait accueillir une dizaine de personnes. Il s'y retrouvait seul, désormais.

Hector caressa sa chienne Tempête et lui ouvrit la porte donnant sur le jardin. Là encore, il retrouvait l'influence de Colombe qui aimait les roses, les pivoines et les œillets de bordures.

Un vieux figuier ombrageait un banc de pierre. Colombe et Hector aimaient à s'y installer, les soirs d'été. Elle brodait en lui racontant sa journée, il lui expliquait ses projets. Ils évoquaient aussi Marceau, leur fils unique. C'étaient des moments de bonheur chers au cœur d'Hector.

Revenu dans sa chambre, il se débarbouilla, s'habilla. Large chemise bleu indigo, pantalon en toile, taïole en flanelle rouge, sa tenue de chaque jour.

La journée serait belle. Hector prit son chapeau et salua Fine.

— Vous rentrerez déjeuner ? s'enquit-elle.

Il secoua la tête.

— Non, je resterai à la fabrique.

Le maître et la servante échangèrent un regard indéfinissable, lourd de non-dits.

Hector détourna les yeux. Il avait hâte de regagner son domaine de prédilection, la fabrique familiale.

César Vernier, son grand-père, avait créé la Fabrique Vernier à la fin du siècle précédent. Artiste dans l'âme, il avait produit de nombreuses pièces originales, dont de superbes vases Médicis.

La faïence était vite devenue une affaire de famille chez les Vernier. Hector se rappelait avoir joué entre les cuves contenant les différentes sortes de terres. Un peu plus tard, fasciné par la chaleur émanant des fours, bravant les interdits maternels, il s'attachait aux pas de son grand-père et de son père. Il avait réalisé sa première assiette alors qu'il avait à peine dix ans. De ce jour, il avait su qu'il deviendrait faïencier, lui aussi. Dans la droite ligne des siens.

Il aimait à façonner les pièces, l'une après l'autre. Lorsqu'il faisait tinter le produit fini, émaillé, il se sentait le maître du monde.

« Pour combien de temps ? » se dit-il, la bouche amère. La faïence fine d'Apt avait connu son apogée au XVIIIe siècle avec des firmes comme celle des trois fils de César Moulin, et celle d'Elzéar Bonnet, qui s'étaient lancées dans des créations originales et remarquées.

Les Vernier produisaient ce qu'ils nommaient eux-mêmes « de la faïence du quotidien ». Des plats, des assiettes, des bassines destinées aux confituriers. Rien de très décoratif, ce que déplorait Hector. Il s'était opposé à son père à ce sujet. Martin n'avait pas cédé, et Hector s'était senti rejeté, ce qu'il avait fort mal vécu.

De toute manière, songea-t-il, cela n'avait rien changé. Malgré son travail acharné, Hector n'avait pu sauver la fabrique. Il avait le sentiment d'avoir failli.

Si seulement Marceau avait accepté de lui succéder… Un goût de bile emplit la bouche d'Hector. Il n'y aurait plus de fabrique Vernier à Apt.

Suivant une habitude bien établie, Tempête resta à la grille du cimetière, attendant patiemment le retour de son maître. Hector se dirigea vers la tombe de Colombe.

Elle était située un peu à l'écart du caveau de la famille Vernier. Tous deux en avaient décidé ainsi. Hector l'y rejoindrait le moment venu.

Il avait fait graver le prénom et le nom de son épouse, ainsi que cette phrase, qu'elle aimait : « Les roses sont éternelles. »

Il ne se signa point. Depuis la mort de Colombe, au terme de mois et de mois de souffrances, il ne savait plus s'il avait encore la foi. Néanmoins, il avait parfois le sentiment de tutoyer Dieu lorsqu'il créait une pièce exceptionnelle.

Il s'adressa à Colombe : « Tu vois, ma douce, c'est le dernier jour. Je dois mettre la clef sous la porte. Tu imagines ce que j'éprouve. Si tu avais été encore à mes côtés, j'aurais essayé de me battre, mais, tôt ou tard, j'aurais dû m'incliner. Et puis, tu sais que Marceau n'est pas intéressé. Il est avocat à présent, inscrit au barreau de Nîmes. Tu te rappelles, je crois entendre mon père recommander : "Des Gardois, garde-toi !" C'est Claire, sa femme, qui l'a poussé à s'installer dans sa ville natale, mais, de toute manière, Marceau ne s'est jamais passionné pour la fabrique. »

Hector s'immobilisa. Il y avait ce poids, dans la poitrine, qui l'oppressait. Il se sentait essoufflé en permanence.

« Je dois y aller, ma Colombe, reprit-il. Le vieux Zéphyrin ne comprendrait pas si j'arrivais en retard. Rends-toi compte : ce serait la première fois en cinquante ans ! »

Il laissa échapper un petit rire. Il avait partagé avec Colombe non seulement un amour fou mais aussi une complicité de chaque instant. Elle était la femme qu'il aimait comme sa meilleure amie.

Il lui adressa un baiser du bout des doigts avant de remettre son chapeau et de s'éloigner. Tempête lui fit fête quand il la rejoignit. Elle le suivit aussitôt. L'un derrière l'autre, ils se dirigèrent vers la fabrique, située extra-muros, sur la route d'Avignon.

Le vieux Zéphyrin accueillit Hector d'un « Bonjour, patron ! » retentissant. Comme chaque jour, il balayait la cour en sifflotant. Zéphyrin, soixante-cinq ans à Pâques, entendait mal et se fatiguait vite mais il aurait donné sa vie pour la fabrique. Hector avait prévu de lui servir une petite rente, ce qui lui permettrait de vivre correctement. Il lui serra la main et se dirigea vers l'atelier.

Tous deux savaient que c'était le dernier jour et qu'il n'y aurait pas d'échappatoire. La fabrique Vernier était condamnée. Mais, auparavant, Hector avait une ultime tâche à accomplir.

Tout en battant la terre pour en chasser les bulles d'air, Hector revoyait la mascarade du

Mardi gras, au cours de laquelle il avait rencontré Colombe. Ce jour-là, suivant une tradition solide, les hommes se déguisaient en femmes. Travestis, ils portaient coiffe, caraco, blouse et jupes. C'était l'occasion d'un franc amusement, le défoulement après les longs mois d'hiver.

Colombe, encadrée de ses parents, applaudissait au passage de la mascarade. Hector l'avait prise par la main, entraînée sur la place de la Bouquerie où l'on dansait autour d'un feu.

À la fin de la cavalcade, Hector, qui s'était débarrassé de sa coiffe, avait promis à la jeune fille : « Je vous épouserai. »

Il esquissa un sourire teinté de nostalgie. Son père et les parents de Colombe, appartenant à une famille de confituriers, avaient approuvé leur mariage. Le faïencier marcha jusqu'à son bureau, séparé de l'atelier par une paroi vitrée. Il y gardait les livres tenus par plusieurs générations de Vernier. Tout y était noté, les commandes, les ventes à l'étranger, les frais de personnel, les noms des clients…

C'était bel et bien terminé, se dit-il, le cœur lourd. Il hésita. Devait-il inscrire la production du jour ? Finalement, il referma le livre de l'année 1868.

Tandis qu'il moulait sa pièce, Hector avait l'impression de voir défiler sa vie avec Colombe. Il revoyait ses longs cheveux blonds répandus sur sa chemise ornée de dentelles au col et aux manches, ses yeux brillants, son sourire radieux. Cette jeune femme avait illuminé sa vie. Avec elle, tout lui paraissait plus facile. Elle avait même réussi à le réconcilier avec son père, ce qui constituait un véritable exploit. Colombe avait le don de mettre leurs invités à l'aise.

Hector et elle s'étaient installés dans une maison aux volets verts dominant le Calavon. Marceau était né dans la chambre de l'étage, ouvrant sur la cour intérieure.

Hector se souvenait de leur bonheur, ce jour-là, et de la fierté éprouvée. Son fils... objet de tous ses espoirs. Désormais, il vivait à Nîmes, leurs chemins s'étaient séparés, de façon inéluctable.

Il soupira. Chaque fois qu'il évoquait son fils, Hector sentait comme un poids lui comprimer la poitrine. Pourquoi en étaient-ils arrivés à une telle situation ? Si Colombe avait été encore là, peut-être serait-elle parvenue à maintenir le dialogue entre le père et le fils ?

Colombe désarmait les conflits et savait sauvegarder l'harmonie entre les êtres. Lui, Hector, avait une fâcheuse tendance à s'emporter trop vite. Comme son père... Pourtant, il avait assez souffert de l'intransigeance de Martin Vernier !

Il plaça sa pièce dans le four avec précaution. Elle y cuirait durant quatorze heures à une température maximale de 1 050 degrés.

À quoi allait-il consacrer ses journées, désormais ? Il pourrait, bien sûr, se rendre au café où

quelques vieux amis jouaient aux cartes, le mardi
et le vendredi. Mais il avait les cartes en horreur.
D'ailleurs, il avait toujours eu l'habitude de travailler, puis de rentrer chez lui.

Colombe jouait du piano, tandis qu'il lisait le
Mercure Aptésien. Naguère, Marceau jouait aux
soldats de plomb sur le tapis. Plus tard, alors
qu'il poursuivait ses études à Avignon, plus rien
n'avait été pareil. Marceau avait pris ses distances
avec son père, pour finir par ne plus revenir à
Apt.

« Vous n'acceptez pas de m'écouter, lui repro-
chait-il. Je n'ai aucun goût pour la faïence. Non
parce que je vous manque de respect mais parce
que je rêve d'autre chose. Avocat, je pourrai me
rendre utile. » Hector s'était emporté.

« Parce que la faïencerie n'est pas assez bien
pour toi, peut-être ? Tu as honte de ta famille ? »
Il revoyait encore le haussement d'épaules de
son fils, qui exprimait une lassitude extrême.
« Décidément, père, vous ne comprendrez jamais
rien », avait soupiré Marceau. Phrase qui avait
déclenché une nouvelle scène.

« Je ne veux plus te voir ! » avait hurlé Hector.

À compter de ce jour, en effet, il n'avait plus
revu Marceau. La rupture était consommée.

Colombe écrivait chaque semaine à leur fils et
s'efforçait d'amadouer Hector.

« Vous n'allez tout de même pas rester fâchés,
plaidait-elle. Vous vous aimez tous deux, ne

laissez pas votre maudit orgueil tout gâcher entre vous. »

Et puis, Colombe était tombée malade, une affection féminine, avait déclaré le docteur Cabassus en baissant les yeux, et Hector l'avait soutenue dans son combat.

Marceau, prévenu par une dépêche, était revenu le jour de l'enterrement de sa mère. Il pleuvait ce jour-là, et la ville entière avait paru porter le deuil. Hector lui avait donné l'accolade, sans pouvoir s'empêcher de lui reprocher d'être resté à Nîmes pendant la maladie de sa mère. Blessé, Marceau était reparti aussitôt après l'inhumation sans prendre la peine d'échanger quelques phrases avec Hector. Celui-ci s'était renfermé sur sa rancœur.

Et maintenant ? se dit-il, le cœur lourd. Quatre années avaient passé. Colombe lui manquait toujours autant, et il supportait de plus en plus mal le silence de Marceau. Colombe aurait su, elle, réconcilier le père et le fils. Elle avait assez d'amour pour effectuer les premiers pas, plaider la cause de l'un et de l'autre. Hector ne savait pas faire.

Il se contentait de claquemurer son cœur et de bougonner, en se sentant horriblement malheureux.

Tempête posa la tête sur son genou, quêtant une caresse. Hector s'exécuta, tout en continuant de songer à son fils. De toute manière, même si Marceau avait pris sa suite, la faïencerie n'aurait pas été sauvée pour autant, se dit-il, lucide. La structure de la fabrique familiale était trop peu importante pour résister à la concurrence des faïences de Sarreguemines, en pleine expansion. Hector savait que leurs usines fonctionnaient à la vapeur et qu'elles vendaient leur production dans le monde entier. Les usines britanniques produisaient elles aussi des faïences meilleur marché, qu'elles écoulaient dans leurs colonies.

Les faïences Vernier ne faisaient pas le poids.

Accablé par cette certitude, il alla faire un tour dans la cour. Zéphyrin se grattait la tête.

— Vous voudrez bien me loger encore quelque temps, monsieur Hector ? s'inquiéta-t-il.

Le faïencier le rassura.

— À mon avis, un acquéreur ne se présentera pas de sitôt !

— Ça va, monsieur Hector, ça me laisse un peu de temps pour voir avec mon frère s'il peut me recevoir chez lui, à Lumières.

— Entendu, Zéphyrin. Vous me tiendrez au courant.

De retour dans l'atelier, Hector réapprovisionna le four en bois et tria ses derniers papiers. Sur son bureau, une photographie le représentait, entouré de ses six salariés et de ses deux apprentis. Au fil des années, les effectifs de la fabrique avaient diminué, au fur et à mesure que la concurrence s'intensifiait. Colombe avait deviné qu'il ne pourrait lutter encore longtemps.

« Il y aura d'autres métiers, lui avait-elle dit. Regarde… la production d'ocres augmente, à Roussillon comme à Gargas. Il faut garder confiance. »

Cependant, il ne pouvait s'empêcher de penser qu'il avait failli. Comme s'il avait été responsable.

Les ombres du soir s'étirèrent. Hector ne bougea pas. Dehors, l'air sentait bon le tilleul et la rose. Il était trop tôt, encore, pour retirer sa création du four. Il lui faudrait ensuite émailler le biscuit et lui faire subir une deuxième cuisson à 980 degrés.

Hector passa la nuit dans l'atelier, sous le regard étonné de Tempête qui n'aimait pas voir ses habitudes changer. Il somnola vaguement sur sa chaise, rêva de Colombe.

À son âge, on n'avait plus besoin de beaucoup d'heures de sommeil. Lorsqu'il se réveilla, Zéphyrin le considérait d'un air dubitatif.

« Vous venez partager mon café, monsieur Hector ? » proposa-t-il.

Il accepta. D'une certaine manière, cette invitation lui procurait un répit.

« Tu vois, ma douce, c'est terminé. J'ai fermé l'atelier, suis parti sans me retourner. Le vieux Zéphyrin pleurait pour deux. Regarde… »

Il sortit d'un carton un pot-pourri en faïence jaspée, orné de boutons de rose en barbotine.

« Tu te rappelles ? reprit-il. Je t'avais fabriqué presque le même, au tout début de notre mariage, et Marceau l'avait cassé en jouant. Tu t'étais cachée pour verser quelques larmes, ce jour-là. Je t'en avais promis un autre et puis le temps a passé… je n'y ai plus songé. Alors voilà, il y a quelques jours, ça m'a suffisamment tourmenté pour que j'essaie de le reproduire. En même temps, ma Colombe, il m'est venu une idée. Que penserais-tu si je… »

Hector avait baissé la voix. Le vieux Polyte, qui arrachait des mauvaises herbes tout près, eut beau tendre l'oreille, il n'entendit pas la suite. Cela le distrayait pourtant, d'habitude !

Hector Vernier n'était pas le seul à venir raconter sa vie à sa défunte épouse. De cette manière, Polyte se tenait informé et pouvait, à son tour, en parler à ses collègues qui tapaient la belote le soir, place de la Bouquerie.

Dépité, il tenta de se rapprocher du caveau de famille des Vernier, mais la grande chienne noir et blanc qui s'était faufilée dans le cimetière sans se faire remarquer gronda.

Hector Vernier se retourna, salua Polyte d'un signe de la main avant de se diriger vers les grilles. Polyte haussa les épaules. Hector devenait bizarre, en prenant de l'âge.

Hector Vernier ne quittait jamais sa ville natale, ce qui lui valait parfois un soupir de la part de Colombe. Elle aurait aimé visiter Marseille, Aix ou Lyon, mais son époux ne parvenait pas à se résoudre à fermer la fabrique. Il y avait toujours une commande urgente à honorer, une exposition à préparer.

Colombe se moquait gentiment de lui : « Ne te cherche pas de mauvaises excuses, mon mari ! Dis plutôt que tu ne veux pas t'éloigner de ton atelier ! »

C'était vrai, il le reconnaissait volontiers. Cependant, désormais, c'était différent. Il était libre de son temps comme de ses mouvements, mais il était seul. Sans Colombe, sans Marceau.

Lorsqu'il fit part de sa décision à Fine, elle ne cacha pas son approbation.

« Il est plus que temps », lui dit-elle, avec la familiarité des vieux serviteurs.

Brusquement, il remarqua ses cheveux devenus blancs, sa silhouette qui se voûtait, et mesura son propre vieillissement. Fine était entrée au service de ses parents alors qu'elle était à peine âgée de dix ans et que lui-même en avait six. Un bail !

« C'est bien, reprit Fine, il faut savoir mettre fin à une querelle. Et puis, qui sait, notre Marceau a peut-être des petitouns ? »

Il lut l'espoir dans les yeux de la vieille femme, et s'en émut.

Colombe aurait réagi de la même façon, se dit-il. Elle aurait accepté et, même, soutenu les choix de vie de Marceau. Lui n'avait pas su. Il s'était emporté, obstiné, sans laisser son fils s'expliquer.

« Vous allez à Nîmes », enchaîna la vieille servante, comme si cela allait de soi. Elle le prit de court. Lui pensait convoquer Marceau à Apt. Il comprit que Fine avait raison. Il devait faire le premier pas.

Il poussa un énorme soupir.

« Tu me prépareras mon sac de voyage, Fine. Je vais m'enquérir des horaires de la diligence. »

Il partit le lendemain. Fine avait glissé entre ses brosses et son linge de rechange des pots de confiture de gigérines, que Marceau aimait particulièrement.

« Vous l'embrasserez bien pour moi, lui recommanda-t-elle. Sans oublier Claire. Si notre Marceau l'a choisie, c'est qu'elle doit être une belle personne ! »

Toujours le solide bon sens de Fine… Elle ne jugeait pas, se contentant d'ouvrir les bras.

« Ne vous inquiétez pas pour moi, conclut-elle. Je vous garde Tempête. »

Le voyage lui parut long. Lorsque la diligence s'ébranla au point du jour, le ciel s'éclaircissait vers l'est. Il suivit des yeux la course des nuages, repéra la direction du pont Julien, avant de piquer du nez.

Lorsqu'il se réveilla, ils approchaient d'Avignon. Son voisin, un ecclésiastique, discutait de la guerre de Crimée avec une jeune femme à la voix douce.

De nouveau, une douleur aiguë vrilla le cœur d'Hector. « Colombe… pourquoi m'as-tu abandonné ? » pensa-t-il.

Il posa le front contre la vitre. La diligence allait bon train, elle devrait atteindre Nîmes avant la tombée de la nuit. Ils déjeunèrent dans une auberge du bord du Rhône. Le repas – omelette, pain, fromage, fruits – fut vite expédié pendant que les cochers relayaient. Hector souffrait de la chaleur et alla se rafraîchir à l'eau du puits. Les parfums de la garrigue picotèrent ses narines. Il était tiraillé entre le désir d'arriver vite à destination et la vague appréhension de l'accueil qui lui serait réservé.

De nouveau, il pensa, fortement, à Colombe, et se sentit un peu rasséréné. Il avait l'illusion que sa femme, son amour, se tenait à ses côtés.

Un heurtoir en forme de crocodile ornait la porte en bois massif. Hector tendit la main, le laissa retomber lourdement. Une petite servante vint lui ouvrir et l'introduisit dans la maison.

Carrelage à damiers noirs et blancs, console en bois sculpté, lustre de cristal, fauteuils recouverts d'étoffes fragiles, l'impressionnèrent.

« Si tu voyais ça, ma Colombe… » pensa-t-il.

On l'invita à s'asseoir dans un petit salon mais il demeura debout, son carton sous le bras. Il avait laissé son sac de voyage dans la chambre de l'auberge où il avait passé la nuit, non loin de la Maison carrée. Nîmes lui paraissait immense, beaucoup trop grande pour lui. Une voiture découverte, menant grand train, avait manqué le renverser et il avait sauté sur le trottoir.

« Il n'y a pas de place pour nous ici, ma pauvre Colombe », avait-il pensé.

Il y songeait à nouveau, dans le petit salon aux rideaux vert amande. La pièce était meublée avec goût, dans un style raffiné, très féminin. La marque de Claire, assurément.

« Monsieur Vernier… »

La porte venait de s'ouvrir, un tourbillon de crinoline vert et blanc apparut.

Hector se retourna vers la jeune femme. Cheveux couleur de flamme, tirés en bandeaux, yeux dorés, visage triangulaire, sourire gourmand… « Elle te plairait, Colombe », pensa-t-il.

Elle s'avança vers lui, marqua une hésitation avant de lui piquer deux baisers sur les joues.

— Vous permettez, n'est-ce pas ? Je suis si heureuse de faire votre connaissance ! Marceau se trouve au palais, nous l'attendrons ensemble si vous le voulez bien.

Elle s'interrompit.

— Je parle trop vite, n'est-ce pas ? C'est que je vous attends depuis longtemps, monsieur Vernier.

Il lui sourit. Brusquement, tout paraissait facile avec elle.

— Je ne pouvais pas laisser ma fabrique. Je l'ai fermée il y a trois jours. Je suis venu dès que j'ai pu…

Elle glissa familièrement le bras sous le sien.

— Comment vous sentez-vous ? N'êtes-vous pas trop fatigué par le voyage ?

Il fit « non » de la tête, enchaîna :

— Et vous, comment allez-vous ?

— Nous sommes heureux, répondit-elle avec une simplicité touchante.

En filigrane, il perçut comme une mise en garde dans sa voix. « Vous êtes le bienvenu si vous désirez faire la paix avec votre fils. Sinon… »

Au fond de lui, il la comprenait. Il avait dû leur gâcher la vie avec ses exigences et son ultimatum.

Il hocha la tête.

« Je désire votre bonheur, à Marceau et à vous. Rien d'autre. »

Elle esquissa un lent sourire. Il avait vraiment l'impression de deviner ce qu'elle pensait : « Il est bien temps ! »

Il n'avait aucun argument à lui opposer. Aussi lui tendit-il la boîte en carton. « Pour vous, Claire. Vous permettez, n'est-ce pas, que je vous appelle Claire ? » Elle fit « oui » de la tête. « Considérez que ce présent vient de Colombe, la mère de Marceau, et moi. Elle a guidé mon travail. »

Elle ouvrit la boîte, écarta le papier de protection. Le pot qu'elle découvrit alors, en faïence jaspée bleu et blanc, lui arracha un cri d'enthousiasme.

« Comme c'est beau ! s'écria-t-elle. C'est vous, monsieur Vernier, qui avez créé une telle merveille ? »

Il acquiesça, en protestant que c'était peu de chose. Mais elle s'obstinait à répéter :

— Vous ne pouvez savoir ce que cette faïence représente pour moi. Vous savez, Marceau et moi avons beaucoup souffert de nous sentir rejetés. Marceau plus encore que moi, bien sûr, mais je me sentais coupable parce que c'était à cause de moi…

— J'ai été un imbécile, la coupa Hector.

Il était sincère, elle le comprit tout de suite.

Elle posa le pot-pourri sur une console, recula de deux pas pour juger de l'effet.

— Ne dirait-on pas qu'il a été conçu pour être placé à cet endroit ?

Elle était spontanée, et charmante. Une jeune femme décidée, gaie et pleine de vie, qui devait former un couple idéal avec Marceau.

— Merci, dit-elle, les yeux embués. Merci pour le pot et, plus encore, merci d'être venu.

Elle lui dédia un sourire enjôleur.

— Vous allez rester quelque temps auprès de nous, n'est-ce pas ? Vous pourriez même vous installer à Nîmes.

Il secoua la tête, lui tapota la main.

— C'est très gentil à vous, ma petite Claire, et je vous en remercie. Mais je tiens à rester à Apt. Voyez-vous, je ne puis laisser ma Colombe.

— Votre Colombe ? répéta Claire, interdite. Mais je croyais que…

— Je vais rendre visite le plus souvent possible à mon épouse, au cimetière, précisa Hector. C'est un rendez-vous sacré pour moi.

Il savait déjà ce qu'il lui raconterait, à son retour : « Tu sais, ma douce, finalement, j'ai été un fieffé imbécile en refusant de revoir Marceau, comme la petite Claire. »

— Je comprends, dit doucement Claire.

Elle était confiante, cependant. Son père ayant effectué le premier pas, Marceau ne pourrait se dérober. D'ailleurs, si l'idée lui en venait, elle saurait bien le remettre dans le droit chemin !

De plus, Marceau ne pouvait rien lui refuser à cause de certain secret. Elle le confia, ce secret, à un Hector confus et heureux comme un pape. Grand-père... non, décidément, sa vie n'était pas finie.

« Colombe sera contente de l'apprendre, déclara-t-il. Mais, je vous en prie, prenez bien soin de vous, ma petite fille. »

Quand Marceau rentra à l'heure du déjeuner, son épouse et son père l'attendaient dans la cour intérieure de l'immeuble. Ils devisaient comme de vieux amis, tout en admirant les rosiers de Claire. Face au visage interdit de Marceau, la jeune femme le rassura d'un sourire.

« Tout va bien », disait son regard clair.

Et elle s'écarta de quelques pas pour laisser le père et le fils tomber dans les bras l'un de l'autre.

de gibier d'eau, originaires de Romagne, connus pour leur qualité de chiens truffiers. Le dernier, Finaud, était mort deux ans auparavant mais, de toute manière, Félicien, lui non plus, n'avait plus goût à caver.

« Plus de goût à rien », pensa-t-il, regagnant la ferme.

Il ne voulait pas voir le toit rapiécé, aux tuiles maintenues en place par de grosses pierres, ni le pigeonnier qui menaçait de s'effondrer.

Il y avait beaucoup à faire au Jas des Muletiers. Félicien ne manquait pas de courage mais il n'avait plus le goût, exactement comme pour les truffes. Il répétait : « À quoi bon ? » en haussant les épaules. Il était le dernier de la famille Jaubert.

Le dernier. Personne ne lui succéderait. Il s'efforçait d'y songer le moins possible mais c'était plus fort que lui, il imaginait un trou sanglant dans le tronc du noyer, l'arbre centenaire qui marquait l'entrée de ses terres. Un gémissement, chagrin, colère, révolte mêlés, lui monta aux lèvres. Julien, son Julien… mort au front, en novembre 1914. Monsieur le maire s'était déplacé jusqu'au Jas pour leur faire part du drame, à Julia et à lui. Sa femme était tombée d'un coup. Elle était restée deux mois à végéter, bouche tordue, corps paralysé, avec dans le regard un désespoir insondable, avant de mourir. C'était trop de malheur, avait pensé Félicien, dont la vieille carcasse s'obstinait à résister. Pourtant, dans le village, partout, le malheur gagnait aussi, les jeunes gens comme les pères de famille ne revenaient pas.

Vieilles ou jeunes, toutes vêtues de noir, les femmes faisaient vivre le pays. Les chevaux avaient été réquisitionnés, puis les mulets les plus robustes. Ne restaient au village que les bêtes boiteuses, ou trop vieilles.

« Sale époque », marmonnait le vieux Baptiste en chiquant.

On ne mourait pas de faim, cependant, on était habitué dans les Basses-Alpes à vivre en autarcie. Félicien se contentait de peu. La soupe au lard, qui mijotait dans l'âtre, un peu de pain, de fromage, des amandes et des fruits de saison, le tout arrosé d'un verre du vin de sa vigne.

Il mangeait sans plaisir, parce qu'il fallait bien s'occuper de la ferme, ne pas laisser tomber en déshérence le bien familial mais, en même temps, il se disait : « À quoi bon ? » Après lui, il n'y aurait personne pour reprendre le Jas des Muletiers.

Il n'avait pas « blanchi » la salle depuis plus de deux ans. Julia n'aurait pas apprécié. Mais Julia n'était plus là. Elle reposait sous une dalle glaciale, dans le cimetière, et chaque fois qu'il allait lui rendre visite, Félicien revenait le cœur lourd. Elle lui manquait, sa belle brune à la longue natte ! Il aurait tant aimé la serrer encore contre lui, dans leur lit aux draps qui fleuraient bon le thym. Julia avait l'habitude de les faire sécher derrière la ferme, là où le thym poussait en abondance.

Lui, Félicien, ne changeait même plus les draps.
Il se lavait, tout de même, parce que sa Julia n'aurait pas aimé le voir se laisser aller, mais pour les
draps... ce n'était point une affaire d'homme !
La Thérèse lui avait bien proposé de s'occuper
de son ménage, mais Félicien avait fait celui qui
ne comprenait pas avant de lui préciser qu'il était
l'homme d'une seule femme, sa Julia.

Thérèse, pas rancunière, venait lui prêter la
main au moment des cueillettes et des récoltes et
il agissait de même vis-à-vis d'elle.

Ainsi allait la vie...

Félicien poussa la porte de la ferme, alla se
réchauffer les mains au-dessus du poêle. Il l'avait
acheté à la foire de Riez pour Julia, qui avait toujours froid. Il fallait reconnaître que le poêle en
question rendait de grands services.

« Le progrès, enfin ! » avait souri Julien. De
nouveau, la morsure familière, dans la région du
cœur. Julien était beau garçon, grand, bien bâti,
avait les yeux bleus et les cheveux sombres de
sa mère. Il projetait de moderniser le Jas, tentait
de convaincre son père qu'il faudrait mécaniser
l'exploitation.

« Quand je reviendrai de la guerre », ajoutait-il,
et sa mère se signait.

La guerre... Julia et Félicien avaient entendu
parler de la « guerre de septante » qui s'était
déroulée loin, bien loin, dans le nord-est de la
France, et de la nécessité de la « revanche ».

Tout s'était passé si vite, à compter du 1ᵉʳ août 14 ! Le tocsin, repris par toutes les églises de village en village, Julia qui se signait à toute vitesse, puis deux gendarmes à cheval de la brigade de Riez qui étaient venus fournir des explications :

« Voilà, c'est la guerre, il y a la mobilisation générale. Prenez votre livret militaire et partez prendre le train. »

Julia avait pleuré, supplié, non, son petit était trop jeune, vingt ans à peine, ils l'avaient eu sur le tard, et ils n'avaient que lui. Félicien voyait encore les gendarmes secouer la tête, les entendait répéter : « Madame, il faut être raisonnable, tous ceux qui sont en état de le faire doivent défendre la patrie. »

Félicien avait regardé Julien. Son fils lui avait adressé un signe à peine perceptible. Épaule contre épaule, les deux hommes avaient regagné le Jas. Le père avait lui-même rassemblé dans une besace trois chemises, des tricots de corps, des caleçons, quelques paires de chaussettes tandis que la mère confectionnait un casse-croûte à la hâte, tout en continuant de protester.

Et puis, Julien était parti vers le village, après une dernière accolade. Julia s'était retournée contre Félicien.

« Et toi, grand nigaud, tu ne pouvais pas l'en empêcher ? »

Il avait baissé la tête. Si seulement il n'avait pas eu ses cinquante-huit ans bien tassés ! Dix de plus que l'âge maximum requis pour aller combattre les Prussiens. Il n'avait jamais mesuré, jusqu'alors, le poids de son âge.

Il s'assit à la table de bois patiné par des générations de Jaubert et sortit de sa poche une pomme ramassée dans le verger. Il la frotta à l'aide de son mouchoir avant de croquer dedans. Elle avait ce petit goût acidulé qu'il appréciait particulièrement. Il se souvenait des tartes de sa mère et de celles de Julia, qui confectionnait aussi de savoureuses compotes à la cannelle. Croquer la pomme lui procura une sensation agréable, comme un ultime plaisir. Pourtant, il ne recherchait plus le bonheur depuis que Julien et Julia étaient morts. Il se contentait de survivre.

Il but un verre d'eau à la pompe, le rinça et le retourna sur l'évier.

Il s'acquittait de la vaisselle une fois par jour, après le déjeuner. Il tenait bien la ferme, pour ne pas avoir honte en présence d'un éventuel visiteur. Mais il ne venait plus grand monde au Jas des Muletiers. À part l'abbé Grandsire, qui avait compris que Félicien ne souhaitait pas recevoir le secours de la religion.

« Votre bon Dieu, je suis assez grand pour lui dire moi-même ce que j'ai sur le cœur ! » lui avait lancé Félicien le jour de sa dernière visite. L'abbé, qui rêvait de quitter ce coin des Basses-Alpes pour un ministère plus mondain, avait filé sans insister. Les gens par ici pouvaient s'emporter, comme ça, sur un coup de tête, et sortir le fusil. Mieux valait être prudent...

Félicien s'avança sur le seuil du Jas, scruta les nuages noirs qui se pourchassaient dans un ciel couleur d'étain. La pluie ne tarderait guère. Il avait la pluie en horreur, et ce depuis l'enfance. Sa mère était morte alors qu'il avait dix ans, un matin où il avait plu sans interruption depuis trois jours et trois nuits. Chaque fois qu'il pleuvait, il avait l'impression que son cœur se déchirait. Plus rien n'avait été pareil, ensuite. Son père s'était remarié deux ans plus tard. Si elle n'était pas désagréable, Sylvette demeurait tout de même la belle-mère de Félicien, celle qui comptait les chandelles et lui faisait remarquer qu'il convenait de gratter le beurre ou la confiture sur les tartines. À quinze ans, il était parti, s'était embauché sur un cargo à Marseille en mentant sur son âge. Un an plus tard, à son retour, il ne supportait plus la mer, et encore moins les marins.

Sylvette venait de mourir en donnant naissance à une enfant chétive, qui n'avait pas survécu deux jours. Revenu à de meilleurs sentiments, Florin avait accueilli Félicien comme le fils prodigue. Il n'était jamais reparti.

Les deux hommes s'étaient entendus tant bien que mal, se répartissant les tâches.

Le samedi soir, Florin se rendait au village où il s'enivrait. Félicien allait le chercher au petit matin et le trouvait souvent cuvant son alcool au fond d'un fossé. Lorsqu'ils avaient acheté Pompon, ç'avait été plus simple. Pompon était un petit cheval gris et blanc, attelé à la jardinière, et il ramenait Florin au Jas des Muletiers. Jusqu'au jour où le fermier ne s'était pas réveillé. L'officier de santé avait supposé que le cœur avait lâché. Les commentaires étaient allés bon train : au village, on n'appréciait guère Florin, réputé pingre, mais sa mort brutale avait frappé les esprits. Félicien avait éprouvé un peu de peine mais pas trop : Florin et lui s'étaient heurtés trop souvent, et il avait encore son remariage sur le cœur. C'était si loin, se dit le vieil homme.

La pluie se mit à tomber, drue, violente, avec une sorte de rage. Félicien connaissait bien cette pluie de novembre, elle risquait de se poursuivre jusqu'au lendemain.

« Fichu temps ! » grommela-t-il.

Il aperçut alors une silhouette menue qui courait vers la fenière. La main en visière devant les yeux, Félicien tenta d'affiner sa vue. Il lisait encore sans lunettes mais il n'avait plus l'œil aussi perçant que jadis.

« Qui est là ? » lança-t-il, bourru.

Il fallait crier pour dépasser le vacarme de la pluie. Une odeur d'humus lui fit froncer le nez. C'était un bon temps pour les champignons.

Une petite voix lui répondit.

— J'suis perdu, m'sieur. Je peux venir chez vous ?

Félicien s'avança de trois pas.

— Montre-toi et cours jusqu'à la ferme, gueu-la-t-il.

C'était un gamin trempé et grelottant de froid. À vue de nez, il devait avoir huit ou neuf ans. Il s'élança vers Félicien, ne reprenant haleine qu'une fois à l'abri sous l'auvent de tuiles.

— Je peux rentrer, m'sieur ? J'ai froid.

— Tu as un drôle d'accent, toi ! fit Félicien.

Le gamin parlait « pointu », tout en traînant sur certaines syllabes. Le fermier songea tout de suite aux réfugiés du nord de la France. On en hébergeait plusieurs, au village.

— Viens-là te mettre au chaud, mon petit gars.

Le gamin portait un pull de grosse laine bleu foncé et des culottes longues.

Sans façons, Félicien l'entraîna devant la cheminée, lui ôta son chandail et son tricot de corps, et le frictionna à l'aide d'un torchon roulé en boule.

— Voilà, tu vas déjà moins grelotter, mon gars.

Il l'enveloppa d'une couverture, le fit asseoir sur le fauteuil en châtaignier du grand-père Anselme et lui servit d'autorité un bol de soupe bien chaude.

— A-t-on idée, marmonnait-il, de sortir ainsi sous la pluie. Comment tu t'appelles ? Et d'où viens-tu ?

— Je m'appelle Pierre, mais maman dit tou-jours Pierrot. Nous venons des Ardennes.

— Hou là ! se récria Félicien, qui avait entendu parler de Sedan, après la « guerre de septante ». On se pèle de froid, là-haut !

Le gamin lui décocha un clin d'œil malicieux.

— Pas tout le temps ! On a de beaux étés. Et puis, c'était chez nous.

Félicien fut sensible à la détresse qui perçait dans la voix de l'enfant.

— Tu restes où ? Au village ?

Il hocha la tête.

— Chez mamé Marcelle, avec ma maman. Elle est gentille, mamé Marcelle, mais je ne dois pas être dans ses jambes quand c'est jour de ménage.

— C'est pour ça que tu es sorti. À présent, cependant, ta mère doit s'inquiéter.

— Elle est partie chez ses clientes.

Félicien apprit ainsi que Marianne, la mère de Pierrot, était couturière.

Les deux réfugiés étaient arrivés au village au printemps 1915, après un long périple les menant de Charleville à Saint-Pancrace.

Marcelle Reynier – mamé Marcelle – les avait hébergés. Veuve, dans sa grande maison, elle était heureuse d'avoir un peu de compagnie.

« Je vais te raccompagner chez elle », décida Félicien.

La pluie s'était calmée. Un arc-en-ciel se devinait entre les nuages.

Il passa à Pierrot une pèlerine de Julia, s'emmitoufla lui-même dans son vieux manteau en toile cirée, et alla atteler le mulet, nommé Joli Cœur plusieurs années auparavant par Julien.

« Fouette, cocher ! » s'écria-t-il après avoir incité le garçon à grimper à ses côtés sur le siège de la jardinière.

Le mulet était souvent capricieux, mais, ce jour-là, il n'avait pas envie de s'attarder sous la pluie, aussi trotta-t-il vaillamment sur la route du village. Des nuages, accrochés aux flancs de la montagne, conféraient un aspect irréel au paysage qui émergeait lentement.

En chemin, Pierrot, intarissable, racontait. Leur maison, au bord de la Meuse. Son père, instituteur, sa mère, couturière. Grand-père Max qui les avait accompagnés mais était mort en chemin, en Bourgogne. Sa mère, qui pleurait tous les soirs parce qu'elle se languissait de son père…

— C'est pas un mot de chez toi, ça ! releva Félicien.

Pierrot se redressa.

— J'apprends, je vais à l'école au village. J'ai des camarades, Tonin et Eugène. Et puis, il y a la petite Lise. Nous faisons le chemin ensemble, le matin.

— C'est bien, dit Félicien, un peu platement.

Il distinguait l'église romane à la silhouette trapue. La maison de Marcelle se dressait à la sortie du village. Elle avait encore belle allure avec son porche en anse de panier et sa porte sculptée.

Félicien fit arrêter le mulet et se tourna vers Pierrot.

— Te voilà rendu, mon gars. Va vite embrasser ta mère qui doit se ronger les sangs.

Le gamin lui tendit la main.

— Merci pour tout, m'sieur. M'sieur comment ?

— Jaubert, Félicien. Tout le monde m'appelle Félicien par ici.

Pierrot sauta à terre et courut tirer la sonnette de la maison Reynier. La pluie avait cessé. Le mulet était comme enveloppé d'une sorte de vapeur. Félicien secoua les rênes.

— On rentre à la maison, mon tout beau. Je te bouchonnerai.

Le chemin du retour ne lui sembla pas long. L'irruption du garçonnet sur ses terres lui avait fait du bien. Aussi, quand il pénétra dans la ferme, éprouva-t-il une sensation aiguë de solitude.

Il ne pleuvait plus, mais l'intérieur de la ferme lui parut sombre et empreint de tristesse. Ils avaient été heureux, pourtant, entre ces murs ! Il vaqua à ses occupations du soir. Le mulet, soigneusement bouchonné, avait eu droit à une double ration de picotin et se reposait maintenant dans l'écurie. Une brave bête, que Félicien espérait pouvoir garder le plus longtemps possible.

De nouveau, il songea au petit Pierrot, et aux tragédies auxquelles il avait fait allusion.

Qu'était-il advenu de son père ? Sa mère avait-elle les épaules assez solides pour s'occuper seule du petit garçon tout en travaillant à l'extérieur ?

Le simple fait de prononcer le mot « travailler » agaçait Félicien ! Une femme était faite pour avoir des enfants, bien tenir sa maison, pas s'activer au-dehors.

Félicien en avait vu quelques-unes, de ces jeunes femmes qui raccourcissaient leurs jupes et coupaient leurs cheveux. Pour lui, elles n'avaient plus rien de féminin mais… qui était-il pour se permettre ce genre de jugement ?

« Tu saurais peut-être, toi, Julia », pensa-t-il.

Il lava le bol qu'il avait servi à Pierrot, se prépara un dîner frugal composé de pain et de fromage et de quelques noix. C'était curieux la façon dont le gamin avait illuminé la salle.

Un sanglot déchira sa poitrine. Il ne guérirait jamais de l'absence de son fils.

Marianne Louvain joignit les mains en découvrant la machine à coudre que le marchand de la place Saint-Antoine, à Riez, venait de livrer chez madame Reynier. Cette machine était exactement la même que celle qu'elle avait dû abandonner chez elle, l'été 14. Un cadeau de Gilles, son mari.

Les larmes lui nouèrent la gorge. Elle n'avait pas de nouvelles de lui depuis un mois. Le courrier pouvait être capricieux, tout le monde le lui répétait, mais elle ne parvenait pas à se rassurer.

Elle revoyait Gilles, son amour, l'exhortant à fuir le jour de la mobilisation.

« Les Allemands ont leur revanche à prendre sur nous, Ardennais, parce que, en 70-71, nos francs-tireurs leur ont donné du fil à retordre. »

Marianne avait protesté : « C'est si loin… De plus, nous allons gagner. C'est une question de semaines, tout le monde le dit. La revanche… »

Il l'avait fait taire d'un baiser avant d'expliquer : « Nous ne sommes pas prêts, mon cœur. Je redoute une tragédie. Nous partons la fleur au fusil… pour combien de temps ? »

Par la suite, Marianne avait souvent pensé à ces confidences. L'armée allemande avait lancé son offensive éclair par la Belgique, précipitant sur les routes des millions de réfugiés hagards, épouvantés. Ils racontaient des témoignages horribles sur ce qui s'était passé à Andenne, à Louvain ou à Dinant. Des milliers de civils avaient été massacrés. Son père avait tranché. Il fallait partir, fuir ces hordes de barbares avant qu'il ne soit trop tard. Il avait bousculé Marianne, l'incitant à n'emporter que le strict nécessaire. Ils étaient descendus vers Paris après l'épopée des taxis de la Marne, avaient bifurqué ensuite vers la Bourgogne, où Max Lever avait gardé des amis. Ils avaient passé l'hiver 14 dans une demeure assez confortable de Montbard. C'était pour eux trois une sorte de répit, Marianne en avait conscience. Son père souffrait du cœur et les derniers événements n'avaient pas amélioré sa santé. Il était mort d'une pneumonie au début de février. Par lettre, Gilles l'avait exhortée à fuir vers le Sud.

« On accueille des réfugiés en Haute-Provence », lui avait-il indiqué.

Grâce au soutien du maire, Marianne était entrée en contact avec plusieurs villages des Basses-Alpes. L'offre de Marcelle Reynier l'avait tout de suite séduite car elle acceptait volontiers les jeunes enfants. Un simple échange de lettres avait suffi. Au terme d'un voyage pénible, Marianne et Pierrot avaient été accueillis par une Marcelle ravie d'avoir de la compagnie. Depuis, Marianne avait repris des forces et voyait Pierrot grandir. Il était heureux au village, même si son père et son grand-père lui manquaient. Marianne s'était adaptée, au soleil, à ces paysages grandioses, à la solitude parfois pesante, mais l'absence de Gilles, le chagrin de la mort de son père, l'angoisse éprouvée, l'empêchaient de savourer ce répit. Elle avait alors décidé de se remettre à la couture, pour s'empêcher de trop penser.

Elle s'était d'abord déplacée chez les gens puis, enhardie par son succès, s'était lancée avec l'accord de Marcelle, dans l'acquisition de cette machine à coudre Singer.

Elle la fit installer dans sa chambre, au premier étage, régla les commissionnaires. Seule face à la machine, elle la caressa de la paume de la main, comme on flatte un animal familier. Elle reconnaissait la texture du bois, le pédalier, le volant placé à droite permettant d'actionner l'aiguille, le fil et les griffes, et jusqu'à la boîte à accessoires dans laquelle elle rangerait ses bobines de fil.

« Ta boîte arc-en-ciel », disait Pierrot.

« Je vais pouvoir te coudre des vêtements neufs, mon chéri », pensa-t-elle.

La couture lui permettait de prendre du recul, de surmonter son mal-être. Elle espérait que les clientes viendraient lui rendre visite. Les faire se déplacer la première fois était le plus difficile. Ensuite, le talent de Marianne constituait sa meilleure publicité.

« J'écrirai des affichettes et je demanderai à Pierrot s'il veut bien les distribuer », pensa-t-elle.

Elle débordait de projets. En attendant le retour de Gilles.

Décembre échevelait les arbres, faisait frissonner l'herbe et poudrait de blanc les sommets.

« Ce vent me rendra folle », soupira Marianne.

Pierrot, qui la guidait vers le Jas des Muletiers, lança avec conviction :

« Maman, le mistral chasse les nuages. C'est grâce à lui que nous avons ce ciel si bleu ».

Marianne devait reconnaître que le ciel de Haute-Provence l'émerveillait. Pureté minérale, profondeur, luminosité… Elle, fille des nuages et de la pluie, n'y était guère accoutumée.

Elle avait décidé cette expédition jusqu'au Jas après avoir appris que Félicien Jaubert avait ramené son fils au village. Elle tenait à le remercier de vive voix.

Cependant, elle se demanda si elle avait eu raison en se retrouvant face à un vieil homme peu amène. Le visage de Félicien s'éclaira lorsqu'il reconnut Pierrot.

« Te voilà, mon gars ! Ça me fait plaisir de te revoir ! »

Les présentations furent rondement menées. Marianne tendit à Félicien un paquet recouvert d'un torchon.

— Je vous ai préparé des gaufres, une gourmandise de chez nous, lui dit-elle.

Félicien resta sans voix.

— Si je m'attendais... finit-il par balbutier.

Il se racla la gorge.

— Entrez... ne regardez pas le désordre.

Marianne lui sourit.

— Cela n'a pas d'importance. Encore merci pour Pierrot.

Ledit Pierrot s'avança tout droit vers la cheminée. Les flammes s'élevaient, hautes et fières, dans l'âtre.

— Asseyez-vous, reprit Félicien. Vous allez bien boire un peu de café.

— Il ne faut jamais proposer de café à des Ardennais ! s'amusa Marianne. Nous en buvons tout au long de la journée.

Un pot de café était maintenu au chaud sur le poêle. Félicien en servit un bol à Marianne, qui le but à petites gorgées. Alors qu'il hésitait en se tournant vers Pierrot, sa mère intervint.

— Pierrot ne boit pas de café, à son grand désespoir. L'eau devrait lui suffire.

Il adressa une grimace à sa mère mais ne protesta pas. Depuis la mobilisation de son père, il s'était promis de ne pas blesser sa mère par des paroles irréfléchies. Il s'efforçait de respecter cette promesse.

Leur hôte s'affaira après les avoir à nouveau invités à s'asseoir.

« Je n'ai plus l'habitude de recevoir du monde », s'excusa-t-il.

Pierrot ressemblait à sa mère. Le même visage piqueté de taches de rousseur, le même teint clair, les mêmes yeux bleus.

La jeune femme soutint le regard de Félicien.

— C'était si gentil à vous, déclara-t-elle

Le fermier posa les mains à plat sur la table.

— Le pauvre petitoun était plus trempé qu'une soupe claire ! C'est bien naturel, madame.

Il l'interrogea au sujet du parcours qui les avait menés jusqu'au village. Marianne raconta leur périple, évoqua son époux. Ses dernières confidences ravivèrent la souffrance de Félicien.

— Mon fils s'est battu, lui aussi, déclara-t-il brusquement.

Lui qui ne prononçait jamais le prénom de Julien se surprit à parler de son fils et de sa femme.

Spontanément, Marianne lui prit les mains.

— Quand cette maudite guerre cessera-t-elle ?
Il y a déjà eu tant de souffrances…

Pierrot se rapprocha de sa mère.

— Papa reviendra, assura-t-il avec force.

Elle lui ébouriffa les cheveux d'un geste
empreint de tendresse. Félicien, le cœur serré,
revit Julia effectuant le même geste.

— Et comment ! appuya-t-il.

La mère et le fils lui plaisaient, et ils apportaient
comme une bouffée de jeunesse dans le vieux Jas.
Tout naturellement, après avoir goûté les gaufres,
il leur proposa de revenir admirer la floraison des
amandiers, qui ne tarderait guère.

— Vous ne connaissez pas les amandiers par
chez vous !

— Ah ça non ! s'écria Pierrot.

Questionné par ses soins, il affirma qu'il travaillait bien à l'école.

« Même s'il est un peu trop bavard », glissa sa
mère.

Elle ajusta son chapeau après avoir jeté un coup
d'œil à la pendule.

« Nous reviendrons vous voir avec grand plaisir, monsieur Jaubert. À présent, nous devons
nous remettre en route si nous voulons être rentrés chez Marcelle avant la nuit. »

On promit de se revoir. Ce soir-là, Félicien se
sentit un peu moins triste.

Félicien avait fêté Noël en se rendant à la messe de minuit. Il y avait salué les habitants du village, s'était incliné devant Marianne Louvain.

— Marcelle m'a offert un petit chien pour Noël ! lui confia un Pierrot rayonnant.

— Tu viendras me le présenter, suggéra le fermier.

Brusquement, il avait songé à son dernier chien, Finaud. Celui-ci lui manquait, plus encore en cette saison des rabasses.

Quand il avait caressé la tête du chien de Pierrot, il avait éprouvé une sensation curieuse, émotion et attendrissement mêlés. Robin n'était pas très grand – une trentaine de centimètres au garrot – et paraissait être issu d'un curieux mélange, ratier, caniche, griffon, mais il était irrésistible avec son pelage gris fer, un tantinet ébouriffé, et son œil gauche comiquement cerné de noir.

— Mamé Marcelle m'a dit qu'il ferait peut-être un bon chien truffier, précisa Pierrot, les yeux brillants.

Avec son enthousiasme d'enfant curieux, il voulait tout savoir. Félicien écarta les bras.

— Oh là ! Comme tu y vas, mon garçon ! La rabasse, c'est une affaire sérieuse !

— Rabasse ou truffe ?

— La rabasse est le nom provençal de la truffe. Tu n'en as jamais mangé ? Écoute, nous allons en chercher, toi et moi, avec ton petit chien, et nous nous régalerons si nous en trouvons. Vois-tu, mon grand-père avait planté des chênes truffiers vers 1840 et, des années après, il allait caver avec sa truie Fifine, qu'il tenait en laisse…

Pierrot s'étrangla de rire.

— Une truie ? En laisse ? Vous vous moquez de moi !

— Pour ça non ! Au village, la mère Zéphyrine cave elle aussi avec sa truie, mais elle a intérêt à faire attention car la bestiole est gourmande de rabasses.

— Racontez-moi, pria l'enfant.

— J'ai mieux à te proposer : nous lui demanderons si nous pouvons l'accompagner. C'est une brave femme, bien qu'elle me fasse penser à une vieille sorcière. Tu ne me croiras pas, mais à une époque, c'était la plus belle fille du pays.

Pierrot haussa les épaules.

— Elle a mal vieilli, c'est tout.

— On peut dire ça comme ça.

Il s'avança sur le seuil du Jas des Muletiers.

— Si ton Robin est doué pour la rabasse, nous le saurons vite. Il te suit bien ?

— Il marche le nez sur mes chaussures.

— Bien. Boutonne ton manteau et mets ta casquette, je vais te montrer quelque chose. Ton chien aime le fromage ?

— Et comment !

Intrigué, Pierrot regarda son ami passer une sorte de houppelande et prendre quelque chose dans le garde-manger.

— En route, fit Félicien.

Il fut le premier étonné de retrouver tout naturellement le chemin des truffières. Après tout, quoi de plus normal ? Il l'avait emprunté si souvent, naguère.

Le temps était clair, le froid sec. Quelques nuages s'effilochaient au-dessus des Préalpes. Robin folâtrait, nez au vent.

Ils se dirigèrent vers les bois d'Anselme, comme disait Florin. Des routes de lavande étaient couvertes de frimas.

— Tu ne connaissais pas la lavande, dans ton grand Nord ! persifla Félicien.

Pierrot secoua la tête.

— Non, mais nous avions des fougères royales et des genêts. Des sangliers, aussi.

— Ne me parle pas de cette denrée !

Les sangliers avaient proliféré parce que les chasseurs étaient beaucoup moins nombreux en ce temps de guerre.

Certains poussaient l'outrecuidance jusqu'à venir retourner le potager de Félicien et ce qu'il nommait « le carré de fleurs de Julia ». Cela l'avait mis dans une rage folle et il avait passé plusieurs nuits à guetter les indésirables, en vain.

— Regarde ! intima Félicien à Pierrot.

Il lui désigna de la main une sorte de cercle

— Le « brûlé », lui expliqua-t-il. C'est l'un des signes de présence des rabasses, même s'il n'est pas tout à fait fiable. Mon grand-père appelait le brûlé « un rond de sorcière ». La terre est fraîche et souple, mais donne l'impression d'avoir été calcinée. Mon aïeul affirmait que la rabasse poussait sous les arbres dont la terre avait été brûlée par la foudre.

Étonné, il sentait monter en lui une certaine excitation. Celle de jadis, quand il avait été initié par son père, et que lui-même avait fait l'éducation de Julien… Il expliqua à son jeune ami qu'il convenait de vérifier si Robin avait quelques dispositions pour la chasse. Dans ce cas, le petit chien serait perdu pour le cavage.

— Il ne peut pas faire les deux ? s'étonna Pierrot.

— Bien sûr que non ! S'il lève du gibier, il ne pourra pas sentir la rabasse.

Réponse qui plongea le garçonnet dans une certaine perplexité. Félicien sourit.

— Toi, mon p'tit gars, tu ne devais pas vivre à la campagne !

— Ma grand-mère Josèphe habitait un village en bordure de forêt mais je ne m'en souviens pas très bien. Elle est morte avant la guerre.

Avant la guerre… ces simples mots le renvoyaient à cette période heureuse où son père partageait leur vie. Pierrot adorait qu'il lui fasse la classe.

Félicien s'immobilisa brusquement.

— Regarde, petit ! On dirait bien que ton Robin a du flair.

Le petit chien était en train de gratter au pied d'un chêne. Félicien le flatta d'une caresse et sortit son picouloun, un petit piochon ressemblant à un piolet au bec allongé. Il n'eut pas à creuser longtemps avant de sortir de terre une jolie rabasse craquelée.

Il la fit renifler à Robin puis lui donna en guise de récompense un petit morceau de fromage. Le chien jappa et repartit en quête. Une heure plus tard, il avait levé plusieurs truffes. Félicien en était le premier étonné.

« Ma parole, Pierrot, tu as un petit chien exceptionnel ! Si tu me laisses faire son éducation, je suis sûr qu'il pourra nous faire gagner un peu d'argent. C'est dommage, avant la guerre, la truffe se vendait beaucoup plus cher. À présent, tout le monde est rationné et les restaurants en achètent bien moins. Sens-moi ça… »

Pierrot fronça le nez. L'objet de l'enthousiasme de Félicien était quelque chose de sombre, recouvert de terre, d'aspect plutôt rebutant. Pas de quoi s'émouvoir, vraiment !

En revanche, le parfum… à la fois piquant, musqué, original. Il était certain de n'avoir jamais humé pareil arôme.

— Ma foi… fit Pierrot, dubitatif.

— Attends de goûter une omelette aux truffes, mon bonhomme ! Imagine… tu glisses tes rabasses dans ton panier d'œufs, tu les laisses s'imprégner du divin parfum, le lendemain, tu coupes tes champignons en fines lamelles que tu fais cuire avec les œufs. Un délice de roi, tu peux m'en croire !

— Chez nous, on n'avait pas de truffes, s'obstina Pierrot.

— Raison de plus pour y goûter. Tiens, je vous invite demain, ta mère et toi. À six heures, ça vous va ?

— Je demanderai à maman, répondit prudemment le garçon.

Il se sentait excité à la perspective de goûter le fameux champignon mais se demandait si sa mère pourrait se libérer. Elle avait tant de travail.

Félicien avait glissé les truffes dans sa besace. Il caressa la tête de Robin.

« Bon chien », déclara-t-il, visiblement satisfait.

Il avait pris du plaisir à cette première leçon de cavage, comme si elle avait eu le pouvoir de le ramener en arrière, aux temps heureux.

— Je vous attends demain à six heures, répéta-t-il, alors que Pierrot s'apprêtait à regagner le village avec son chien.

Le gamin agita la main dans sa direction.

— Merci beaucoup !

L'un et l'autre s'apportaient soutien et réconfort, sans même en avoir conscience.

Un arôme subtil, humus, terre et musc mêlés, parfumait la salle. Troublée malgré elle, Marianne songea aux plats du terroir qu'elle avait appris à cuisiner avec sa mère.

Elle avait accepté de venir au Jas des Muletiers pour faire plaisir à son fils mais, une fois installée à la grande table patinée et marquée de stries, elle se sentit soulagée d'avoir arrêté son travail plus tôt que prévu. Ses épaules et sa nuque étaient douloureuses à force de se pencher sur son ouvrage. Marianne s'était constitué une clientèle, aussi bien dans le village qu'aux alentours, mais il s'agissait surtout de « récupération ». On lui demandait par exemple de tailler des torchons dans de vieux draps, des tabliers dans des blouses bleues… L'année 1917 s'annonçait encore plus difficile que les années précédentes, on regardait sur tout. L'an passé, elle avait confectionné une seule robe de mariée. Les jeunes gens avaient profité d'une permission et le marié était reparti quatre jours plus tard pour le front à Verdun. Depuis, sa jeune femme vivait elle aussi dans l'angoisse.

« Vous allez voir ! » annonça Félicien, en « chaussonnant » l'omelette.

Il retrouvait les gestes de Julia, qu'il avait souvent observée alors qu'elle s'affairait devant le potager. Sa femme aimait les truffes, qu'elle accommodait de différentes façons. Elle en faisait des conserves, aussi, mais ce n'était pas la même saveur. Félicien préférait manger la rabasse fraîche, alors qu'elle exhalait le meilleur de son arôme.

Il versa une belle part d'omelette dans l'assiette de Marianne, puis servit Pierrot, qui dissimulait mal son impatience. Une fois qu'il fut lui aussi servi, il prononça le bénédicité. Ensuite seulement, chacun des convives attaqua la première bouchée dans un silence respectueux. Un grand sourire éclaira le visage de Pierrot.

« C'est drôlement bon ! » lança-t-il d'un air étonné.

Sa mère lui avait donné ses consignes : rester poli, même s'il n'aimait pas les truffes. Mais, visiblement, ce n'était pas le cas !

De son côté, Marianne avait l'impression de goûter quelque chose d'infiniment subtil, raffiné et rare. Un plaisir réservé à quelques initiés… Elle se demanda si Gilles avait déjà mangé des truffes et la douleur familière lui pinça le cœur.

« Reviens vite, je t'en supplie », pensa-t-elle avec force.

Dans sa dernière lettre, il paraissait être à bout. Deux de ses phrases avaient même été raturées par la censure. Marianne avait tenté de les déchiffrer, en vain. Elle lui avait aussitôt répondu, en le rassurant à leur sujet et en lui répétant qu'elle l'aimait.

— Eh bien ? lança Félicien.

Marianne rougit, comme prise en faute.

— C'est délicieux, monsieur Félicien, vraiment.

Il devina qu'elle était sincère. Elle l'émouvait, avec sa fragilité et sa sensibilité.

Il leur proposa une nouvelle tranche de pain, qu'il avait confectionné lui-même suivant la recette de Julia.

— Nous mangeons à notre faim, par chez vous, remarqua Marianne. Ma tante, à Paris, me raconte qu'il est de plus en plus difficile de se procurer de la nourriture.

— Nous habitons une région bénie des dieux ! lança Félicien avec enthousiasme. Miel, vin, épeautre, fruits du verger, légumes du potager, gibier, viande de nos moutons… Et les rabasses, bien sûr.

— J'aime bien ce mot, commenta Pierrot, la bouche pleine. La rabasse, ça sonne mieux que la truffe.

— Et comment !

Il voulut lui servir du vin, ainsi qu'à sa mère. Marianne refusa fermement.

— Merci, monsieur Félicien, il ne faut pas abuser. Je ne bois jamais d'alcool.

Elle éprouvait déjà comme un vertige en savourant son omelette. Elle se rappela brusquement que son père lui avait raconté en avoir mangé au cours d'un dîner de gala, à Reims, et qu'il n'avait jamais oublié ce goût musqué.

— Vous allez faire partie du village, désormais, déclara Félicien.

Il ressentait lui aussi une impression bizarre, comme s'il était revenu parmi les vivants après une longue période d'absence. Il pouvait presque imaginer qu'ils formaient une famille, tous les trois, se dit-il. Presque…

Mais il savait bien que ce n'était pas vrai. Aussi, lorsqu'ils eurent quitté le Jas, ressentit-il plus encore le poids de sa solitude.

— Je n'aurais jamais cru ça possible ! se récria Marianne, en découvrant la besace remplie de truffes.

Félicien esquissa un sourire malicieux.

— Tout le mérite revient au petit chien du gamin. Un sacré truffier, vous pouvez me croire ! Je n'ai pas eu besoin de beaucoup le former, à croire qu'il a la rabasse dans le sang ! Quelques leçons ont suffi. Si cela vous convient, je puis aller vendre vos rabasses au marché de Riez. Je vous en rapporterai un bon prix, même si le cours de la truffe a bien baissé depuis le début de la guerre.

— C'est très gentil à vous, monsieur Félicien mais vous avez effectué la moitié du travail.

— Moi, je fais ça pour passer le temps ! Ne vous souciez pas de moi, reprit-il. Le petit et vous avez besoin d'argent. Comment va votre mari ?

Elle secoua la tête.

— Nous n'avons pas reçu de ses nouvelles depuis plus d'une semaine. C'est si long !

Il osa lui tapoter la main.

— Courage ! Cette maudite guerre finira bien un jour prochain.

Elle aurait tant voulu le croire. Certains soirs, elle était si désespérée qu'elle n'en avait plus la force. Elle se blottissait dans son lit et, alors qu'elle était épuisée, cherchait en vain le sommeil. Lorsqu'elle sombrait enfin, c'était pour faire d'horribles cauchemars qui lui laissaient un goût amer dans la bouche. Elle se sentait intégrée au village, pourtant, et mesurait leur chance, à Pierrot et à elle, d'être soutenus par des personnes comme Marcelle et Félicien. Mais son mari lui manquait tant. Tout au long de la journée, elle devait être forte, pour leur fils. La nuit, ses angoisses la rattrapaient.

Elle sourit bravement à Félicien.

— Pouvons-nous vous accompagner au marché de Riez ? Pierrot a bien travaillé, cela le distrairait, et moi aussi. J'ai l'impression de devenir folle, à attendre le passage du courrier.

Félicien hocha la tête.

— Je serai heureux et honoré de vous emmener à Riez. Il vous faudra être prêts avant six heures, les meilleures affaires se font de bonne heure. Couvrez bien le petit, le vent va souffler fort cette nuit.

Marianne ne lui demanda même pas comment il le savait. Depuis que Pierrot et elle vivaient à la campagne, elle avait acquis beaucoup d'humilité.

— Nous serons prêts et vous attendrons devant la maison, assura-t-elle.

Elle eut beaucoup de peine à convaincre Pierrot d'aller se coucher sitôt la soupe avalée. Il calculait ce qu'il pourrait acheter avec les quelques sous en sa possession. Robin était lui aussi tout excité mais déchanta lorsque Marianne alla l'enfermer dans la resserre. « Nous risquons de te perdre », lui dit-elle.

Il faisait nuit noire. Un froid vif piquait les joues et le bout des doigts. Emmitouflés, Marianne et son fils n'attendirent pas longtemps le passage de la jardinière de Félicien. Il avait bien accroché les paniers dans lesquels il avait déposé les rabasses, recouvertes d'une serviette. Leur arôme subtil parfumait la jardinière.

Pierrot se glissa derrière Marianne qui s'assit aux côtés de Félicien. Il secoua les rênes du mulet. « En route, Joli Cœur ! »

Celui-ci s'élança sur la route recouverte de givre.

« Je lui ai promis double ration à l'arrivée », expliqua le fermier.

Il était de bonne humeur, il y avait longtemps qu'il ne s'était pas rendu sur le marché de Riez. Julia le considérait comme une distraction. À midi, tous deux déjeunaient à l'auberge en compagnie de voisins et d'amis, dans une atmosphère chaleureuse. L'époque était différente, plus conviviale. La guerre avait tout gâché, se dit-il en constatant que des femmes et des vieillards se tenaient derrière les éventaires, l'air las, découragé.

C'était si difficile de croire au retour de la paix, même si les Américains, les « Samies » tant attendus, ranimaient l'espérance. On en parlait, à l'auberge où Félicien conduisit ses protégés pour leur faire boire un café au lait revigorant, accompagné de brassadeaux. Pierrot se lécha les doigts sous le regard réprobateur de Marianne. Félicien ébouriffa les cheveux du gamin.

— Nous dirons que nous sommes en récréation ce matin, suggéra-t-il. Allez, Pierrot, au travail.

Tous trois gagnèrent le « coin des truffiers », où il y avait encore peu de monde. Marianne jeta un regard effarouché à la vieille femme et aux deux hommes d'une soixantaine d'années qui discutaient avec animation. Félicien lui sourit d'un air encourageant.

Pierrot, lui, parut tout de suite être à son aise. Il entreprit de comparer ses rabasses à celles de la vieille femme qui échangea quelques plaisanteries avec Félicien.

— Cela fait bien longtemps qu'on ne t'avait vu par ici, vieux brigand ! lui dit-elle en riant.

Elle se nommait Euphrosine, se rappela-t-il. Elle avait été jolie, jadis, il avait même dansé avec elle sous les platanes, le jour de la fête votive. Et puis, il avait rencontré Julia, et Euphrosine avait perdu tout intérêt pour lui.

— J'ai appris pour ta femme et ton fils, reprit Euphrosine. C'est bien du malheur, tout ça, et tout autour de nous, c'est partout pareil. Regarde… les prix des rabasses ont chuté, les gens n'ont plus le cœur à faire la fête, cette maudite guerre dure bien trop longtemps.

Félicien s'éloigna de quelques pas, soucieux de ne pas perturber Pierrot et sa mère. Pourtant, où qu'il aille, l'ombre de la guerre était là. Son cœur se serra.

Lorsqu'il rejoignit Marianne et Pierrot, ceux-ci répondaient aux questions d'un courtier. Félicien se mêla de la conversation.

— Ne lâchez pas à moins de cinquante sous le kilo, recommanda-t-il à la jeune femme.

Barjol fit les gros yeux.

— Depuis quand tu te mêles des affaires d'autrui, Félicien ?

— Depuis que tu es un fieffé brigand, répondit le fermier sans se démonter.

Pierrot avait l'impression d'être au spectacle, mais sa mère était mal à l'aise. Qu'aurait dit Gilles, se demandait-elle, s'il l'avait vue discuter pied à pied avec des courtiers en truffes ?

La vie vous réservait parfois des surprises...

Finalement, l'affaire fut rudement menée grâce au fermier qui défendit les intérêts des réfugiés. Le nommé Barjol, après avoir palpé et humé les rabasses, les avait pesées sur sa balance romaine et les avait payées.

— Sans vous, je n'aurais jamais su me débrouiller ! avoua Marianne lorsqu'ils se furent éloignés du lieu de la transaction.

C'était un marché d'hiver, avec sa marchande de châtaignes, ses vendeurs de panais et de morilles. Marianne offrit des bonbons à son fils dont le visage s'illumina. Tous trois retournèrent à l'auberge manger un gratin de cardes. Les yeux de Pierrot brillaient.

— J'aimerais tant que mon papa soit avec nous, dit-il après avoir fait honneur à son île flottante, et le visage de sa mère se crispa.

Félicien décida qu'on se remettrait en route après être allé admirer les colonnes romaines de Riez. Un soleil printanier faisait chanter le bleu du ciel. Au bord du chemin, un amandier fleuri annonçait la fin de l'hiver.

— La sentinelle du printemps, murmura Félicien. Mon grand-père disait toujours que l'amandier fleuri lui permettait de croire au retour des beaux jours.

— Espérons-le, souffla Marianne.

« Encore une année de guerre », pensa Félicien, le nez en l'air.

L'an passé, il avait redonné un coup de jeune au Jas des Muletiers avec l'aide de Pierrot. Murs chaulés de frais à l'intérieur, carrelages décrassés au savon noir, barrière réparée… la ferme avait meilleure allure, et ses visiteurs lui en faisaient compliment.

Marianne lui avait cousu un nouveau coussin pour son fauteuil à haut dossier, et elle lui avait coupé deux chemises. Un luxe pour le vieil homme qui ne prêtait pas attention à son apparence !

Les mauvaises langues colportaient des ragots à leur sujet mais Félicien n'en avait cure. Comme s'il avait été assez fou pour s'amouracher d'une jeune femme qui aurait pu être sa fille ! L'un et l'autre savaient que Marianne vivait dans l'attente du retour de son époux. Elle lui lisait quelques passages des lettres de Gilles, et le cœur du vieil homme saignait en entendant mentionner la boue, les poux, l'effroyable détresse de ces hommes qui se sentaient abandonnés de tous… Gilles lui était proche grâce à Julien.

Il siffla Finette, et le jeune chien accourut. Frappé par les excellentes dispositions de Robin, il était allé trouver la maîtresse de la ferme où était né le petit chien, et lui avait acheté une femelle de la même portée. Il avait dressé Finette à caver dès le début de l'automne, et elle s'était révélée elle aussi particulièrement douée.

Félicien n'en doutait pas. Le vieil Anselme, son grand-père, lui avait souvent répété que le don pour la truffe était une affaire de famille.

« Pour les gens comme pour les chiens », concluait-il avec un gros rire.

Finette vérifiait cette assertion et, grâce à elle, Félicien avait repris goût au cavage. Il partait tôt le matin, alors que la brume floutait les silhouettes des montagnes, sa besace à l'épaule. Pierrot l'accompagnait les jours où il n'avait pas classe. Tous deux formaient une sacrée équipe ! et Marianne souriait de leur complicité.

Était-ce grâce aux rabasses, dont elle était devenue gourmande ? Elle avait meilleure mine et paraissait moins épuisée, même si elle se languissait toujours autant de son Gilles.

Lui avait pu obtenir deux permissions en un an. Dix jours, dont il fallait retrancher un jour et

demi de voyage à l'aller, un jour et demi au retour.
Ils étaient allés chercher leur soldat à la gare et
étaient revenus au village par l'autobus.

Sept jours au total, de retrouvailles, de petits
bonheurs simples. Gilles, resté instituteur dans
l'âme, voulait tout savoir des Basses-Alpes.

Il avait tout de suite fait la conquête de
Marcelle, avait sympathisé avec Félicien. Pierrot,
heureux de retrouver son père, lui racontait, pêle-
mêle, l'essentiel de leur vie alors que Marianne les
buvait tous deux du regard, en souhaitant arrêter
le temps. Gilles avait dû repartir, cependant,
et Marianne avait mis plus de deux semaines à
reprendre le dessus. Pierrot, occupé à l'école et
avec Félicien, ne s'inquiétait de son père que le
soir, mais Marianne ne pouvait partager ses angoisses avec lui. Elle acceptait trop de travail, dans le
but de ne plus penser, et sortait peu. L'hiver, particulièrement rigoureux, ne donnait guère envie
de s'aventurer dehors. Marianne avait l'impression
d'être plongée dans une sorte d'engourdissement.
Elle ne pouvait pas communiquer avec ses amis
restés dans les Ardennes, puisque le département
était occupé. Il ne lui restait plus comme famille
que sa tante de Paris. Orphelin, Gilles n'avait plus
d'attaches. Tous deux avaient fondé leur famille
très vite, comme pour conjurer le sort.

Marianne jeta un coup d'œil par la fenêtre.
Tout lui parut gris au-dehors. Le ciel, la rue.
Gris comme ses pensées. Elle avait froid. Elle

couvrit ses épaules d'un châle, frotta ses mains l'une contre l'autre avant de se pencher à nouveau au-dessus de sa machine à coudre.

Elle travaillait à une robe de fiançailles, en soie bleu nuit, pour Naïs, une jeune fille d'Apt. Elle lui avait apporté le modèle choisi, découpé dans une revue de mode, et Marianne s'était attelée à la tâche, malgré les difficultés. Naïs en effet était légèrement bossue, et Marianne avait entrepris de confectionner une sorte de boléro-cape qui permettrait de dissimuler son infirmité. Naïs était une ravissante jeune fille, brune aux yeux bleus. Elle s'apprêtait à épouser Martin, revenu du front amputé du bras gauche.

« Nous allons former une belle paire, lui et moi », plaisantait-elle, comme pour conjurer la réalité. Vive, gaie, elle charmait Marianne par sa belle humeur. Ses parents habitaient Apt, où ils possédaient une usine de fruits confits, mais ils préféraient célébrer fiançailles et mariage dans leur « campagne » des Basses-Alpes.

« Nous ne devons pas être assez présentables, Martin et moi, s'amusait Naïs. Mon frère a eu droit à un grand mariage célébré dans la cathédrale Sainte-Anne. Pour ma part, je me contenterai bien volontiers de notre petite église romane.

— Vous serez tout aussi heureux », lui avait affirmé Marianne, sincère.

Elle se satisfaisait de ces petits bonheurs, en attendant la fin de la guerre. Le cavage, une fois par semaine, en compagnie de Pierrot et de Félicien en était un. Bonheur, le souper de crêpes partagé avec leur hôtesse, dans la salle où il faisait si bon. Bonheur, le plaisir du travail accompli. Bonheur encore, la joie illuminant le visage de son fils à son retour d'une expédition effectuée en compagnie de Félicien.

« Vous m'avez redonné goût à la vie », lui avait confié le vieil homme le soir de Noël, au retour de la messe de minuit.

De plus en plus souvent, Marianne songeait qu'elle ne désirait pas retourner dans sa région natale. Saison après saison, elle avait appris à aimer ce pays rude, au ciel si bleu. Le mistral faisait place nette en l'espace d'une journée. Les nuages se pourchassaient jusqu'à l'horizon, avant de disparaître. Même si elle souffrait parfois de maux de tête les jours de grand mistral, elle appréciait son rôle de *casso nivo*, chasseur de nuages, comme disait Félicien.

Elle s'était aussi attachée au vieil homme bourru au cœur tendre, qui se mettait en quatre pour leur faciliter la vie. Oui, elle aurait aimé rester à Saint-Pancrace, mais, naturellement, cela dépendrait de Gilles. Désirerait-il retourner dans le Nord-Est ? Ses dernières missives étaient empreintes d'une sourde désespérance. Il lui avait même écrit : « Après tant de camarades tués au combat, je ne vois pas comment je pourrais échapper à leur sort. Je vous aime tant, toi, ma petite femme, et notre Pierrot, mais j'ai peur, si tu savais. »

Par la suite, il s'était repris, ne s'était plus livré à de telles confidences. Mais ses mots restaient entre Marianne et lui, terrifiants parce que si vrais.

Elle rabattit l'une des manches, retira le fil à bâtir. Cette robe ferait de Naïs la plus belle des fiancées, elle se l'était promis. La jeune fille écrivait des romans. « Mes parents ont vraiment tiré le mauvais numéro avec moi, avait-elle raconté à Marianne. Une fille bossue et romancière ! Pas de quoi briller dans les salons de la sous-préfecture ! On me considère comme un bas-bleu et l'on se détourne de moi. Martin, lui, a su voir au-delà des apparences. »

Son fiancé possédait des terres du côté d'Ongles. Démobilisé suite à son amputation, il lui avait fallu de longs mois avant de parvenir à accepter son handicap. Ils s'aimaient. Tant mieux pour eux, et tant pis pour les parents de Naïs ! se disait Marianne.

Elle défroissa une fronce du plat de la main. Pour l'instant, elle désirait se consacrer exclusivement à la toilette de Naïs, et ne pas évoquer Gilles, sous peine d'éclater en sanglots.

Il fallait qu'elle tienne.

Naïs, radieuse, sortit de l'église au bras de Martin. Les enfants suivaient le cortège en réclamant crescendo bonbons et dragées. Derrière les mariés, s'avançaient sous le porche les parents de Naïs, visage fermé, bouche pincée, et le père de Martin, qui affichait un sourire réjoui. Le contraste entre les deux familles était saisissant, et les invités faisaient beaucoup de bruit, comme pour dissimuler la mauvaise humeur des parents de la mariée.

On bavardait, beaucoup, parfois à trop haute voix. Marianne et Pierrot, invités au même titre que les habitants du village, s'efforcèrent de ne pas prêter attention à certains commentaires malveillants. On critiquait Naïs à cause de son infirmité, on rappelait qu'il ne fallait jamais, au grand jamais, se marier en mai, le mois de Marie, le mois des fleurs et des pleurs. On racontait que monsieur le curé recommandait de ne pas lire ses livres, trop sulfureux à son goût…

« Mon Dieu ! pensa Marianne, l'âme humaine est décidément bien tordue ! »

Félicien, lui, expliquait que les gens n'étaient pas si méchants. C'était juste que beaucoup avaient tendance à se mêler de la vie d'autrui. « Ça leur évite de penser à cette maudite guerre qui s'éternise », soutenait-il. C'était possible.

Ce jour-là, en tout cas, Naïs et Martin ne donnaient pas l'impression d'accorder quelque importance aux médisants et Marianne était heureuse pour eux.

Toute la noce se réunit devant la grange de la « campagne » des Lestrade.

Les femmes avaient cuisiné depuis la veille. Pâtés, terrines, volailles rôties, haricots, asperges, tartes… trônaient sur la grande table recouverte de nappes blanches damassées mises bout à bout. Naïs rayonnait. Marianne se sentit brusquement heureuse d'avoir réussi sa robe de mariée.

En ce jour radieux, elle voulait croire, de toutes ses forces, à la fin du cauchemar. Elle s'endormit d'un coup ce soir-là, après avoir accepté de danser avec le maire.

Les cloches carillonnaient à la volée, annonçant la nouvelle tant espérée : la guerre, enfin, venait de s'achever.

— Sacrebieu ! jura Félicien, à demi penché au-dessus d'un brûlé.

— Tu n'es pas content ? s'étonna Pierrot.

Ce n'était plus un enfant, pas encore un homme. Il allait sur ses douze ans et avait grandi. Mais il était resté fidèle à son vieil ami et à leur goût commun pour le cavage.

Félicien marqua une hésitation.

— Content, oui, d'abord pour ton père et les jeunes du pays mais, vois-tu, je ne puis m'empêcher de me dire qu'il est trop tard pour mon fils. Beaucoup trop tard…

Sa voix se brisa sous l'effet de l'émotion. Pierrot lui tapota la main.

— Je peux t'aider ?

— Tu en fais déjà beaucoup pour un vieux bonhomme comme moi ! Viens, Robin et Finette m'ont l'air tout excités. Les premières rabasses… tu imagines ?

— Je me demande quand mon père va rentrer, murmura Pierrot, la voix rêveuse.

Sa mère était triste, terriblement triste, depuis plusieurs semaines. Pierrot croyait savoir pourquoi. Elle ne recevait plus de courrier. Impossible de savoir ce qu'il était advenu de Gilles.

Félicien poussa un énorme soupir.

— Te ronge pas les sangs, mon gamin, ton père finira bien par revenir.

Au fond de lui, le vieil homme n'en était pas si sûr. Son cœur saignait de voir Marianne dépérir de jour en jour. Décidément, cette maudite guerre n'en finissait pas de faire des ravages !

Les chiens, leur excitation retombée, tournaient en rond, sans conviction. Félicien secoua la tête.

— Viens, mon garçon, allons rendre visite à ta mère. Ce n'est pas un jour pour caver.

Les cloches sonnaient toujours.

Janvier 1919

Le maire considéra Marianne d'un air compatissant.

— Croyez que je suis désolé, madame Louvain. Je n'ai guère de moyens pour retrouver la trace de votre époux. À Paris, peut-être ? Au ministère de la Guerre ?

— J'ai déjà écrit à deux reprises, souffla Marianne.

La lassitude, l'épuisement, les nuits sans sommeil, marquaient son visage. Elle avait tant espéré, le jour de l'armistice, pour se retrouver deux mois après les mains vides, le cœur en écharpe. Ses lettres étaient restées sans réponse, ses recherches avaient échoué. Partout, on lui avait opposé la même phrase : « Il y a eu tant de morts, et de disparus, si vous saviez ! Comment voulez-vous que nous retrouvions un homme ? »

Un homme, anonyme, parmi tant d'autres ? Mais non, il s'agissait du sien, Gilles Louvain, trente-cinq ans !

Marianne protestait, se révoltait. On se détournait d'elle, elle gênait. L'heure était à la liesse. Au village, les soldats étaient rentrés. Le visage las, le regard perdu... Tous, sauf ceux qui étaient tombés, à Douaumont, au Chemin des Dames ou à Notre-Dame-de-Lorette. Le soulagement était palpable, mais ce n'était pas encore le bonheur. Trop de morts, trop de familles détruites... Lentement, avec prudence, on marchait à nouveau dans les pas d'avant la guerre. Et elle, que devenait-elle ? Que pouvait-elle raconter à Pierrot, pour tenter de lui faire comprendre l'incompréhensible ?

Heureusement, il travaillait bien à l'école, avait de bons camarades et avait retrouvé en Félicien un véritable grand-père. Dans leur malheur, ils avaient eu beaucoup de chance. Elle tira sur le tissu qu'elle travaillait, faisant la chasse aux faux plis. Du noir, toujours plus de noir, comme si la France entière avait porté le deuil et, d'une certaine manière, c'était tout à fait ça. Marianne fronça les sourcils. Il lui fallait tenir, ne pas perdre espoir. Parce que Gilles reviendrait. Il ne pouvait en aller autrement.

Pierrot repoussa sa casquette en arrière et soupira. « C'est dur ! » Depuis le petit matin, il travaillait dans les champs de lavande en compagnie d'autres jeunes de son âge et il commençait à ressentir le poids de la fatigue. Le dos cassé, la bouche sèche, harcelé par les abeilles et les moustiques, Pierrot trouvait que la cueillette de la lavande n'était pas une occupation de tout repos !

Cependant, malgré les courbatures, il appréciait de pouvoir travailler comme un grand. Hortense, sa meilleure amie, l'admirait et venait le voir quand la chaleur refluait un peu. Elle lui apportait de l'eau fraîche tirée du puits, des pêches et des abricots dont le jus lui paraissait un divin nectar.

Comme les champs de lavande étaient plus proches du Jas des Muletiers que du bourg, il avait été convenu avec Marianne que Pierrot dormirait chez Félicien.

Sa mère venait le voir deux fois par semaine. Félicien aurait tant aimé lui rendre le sourire qu'il se sentait parfois maladroit. Il n'osait plus lui poser de questions à propos de son époux.

Elle faisait face, bravement, même s'il remarquait les cernes sous ses yeux et ses traits tirés. Il admirait son courage. Désormais, elle faisait partie intégrante du village. De toute manière, elle n'avait pas l'intention de quitter Saint-Pancrace. Gilles savait que son fils et sa femme l'y attendaient.

Félicien, le cœur lourd, scruta le ciel d'un bleu dur. L'air fleurait bon la lavande, les abeilles s'en donnaient à cœur joie. Il aimait son pays, se dit-il, comme s'il s'agissait d'une évidence. Il aimait aussi l'idée que des activités comme la quête des rabasses et la récolte de la lavande demeuraient immuables. Mettre ses pas dans les pas de ses aïeux rassurait Félicien.

Il n'avait pas failli. Le Jas des Muletiers était toujours debout, prêt à être transmis. Seul problème, il n'avait plus d'héritier.

Novembre 1919

Une fois, deux fois, Marianne relut la lettre officielle. Les mots dansaient devant ses yeux.

Elle retint « Gilles Louvain », « amnésie consécutive à un traumatisme crânien », et sentit que la pièce dans laquelle elle se trouvait tournait de plus en plus vite. En un éclair, elle pensa au manège de chevaux de bois, place Ducale, qu'elle avait découvert une vingtaine d'années auparavant. C'était si loin, mais aussi terriblement proche. Et puis, elle perdit conscience.

Quelqu'un lui administrait des tapes de plus en plus sèches sur les joues. Elle sentit aussi une forte odeur de vinaigre et se mit à tousser.

— À la bonne heure ! fit une voix qu'elle reconnut comme celle de Félicien.

Il l'aida à se relever et elle marcha jusqu'à une chaise.

— Lisez ! ordonna-t-elle, lui tendant la lettre.

Il obéit, avant de tourner vers elle un visage radieux.

— Il est vivant ! Oh ! Marianne ! Vous avez tant espéré !

Il était heureux comme s'il s'était agi de son propre fils, réalisa-t-il soudain. Et c'était exactement ça. Il partageait la joie de Marianne, il imaginait celle de Pierrot.

Ses mains tremblaient.

— Il faut tout de suite annoncer la bonne nouvelle au gamin, reprit-il.

Marianne l'arrêta d'un geste.

— Oui, Félicien, mais nous allons devoir prendre quelques précautions. Gilles ne va pas nous reconnaître tout de suite, je dois prévenir Pierrot, afin qu'il ne soit pas trop déçu. Je…

Les larmes nouèrent sa gorge. Elle avait peur, soudain, de tout ce qui les attendait. Une pensée la hantait. Et si Gilles ne retrouvait jamais la mémoire ?

Félicien lut ces interrogations dans son regard. Il se demanda ce qu'il aurait éprouvé si Julien s'était trouvé à la place de Gilles. Et il sut ce qu'il devait dire.

Il parla, longuement, à Marianne. Lui confia avoir lu que de nombreux soldats avaient perdu la mémoire parce qu'ils avaient été confrontés à trop d'horreur mais que, justement, le fait de se retrouver au calme parviendrait peut-être à rassurer Gilles. Elle leva vers lui un visage bouleversé.

— Merci d'être là, Félicien, d'avoir toujours été là pour nous depuis trois ans.

Il haussa légèrement les épaules, lui tapota la main.

— Ce fut un plaisir, mon petit. Et… j'espère bien que ça va continuer ! Parce que nous formons une sorte de famille, tous les trois. Bientôt quatre avec votre mari. Vous m'avez aidé à surmonter la mort de ma Julia et celle de notre Julien. C'est un cadeau inestimable que vous m'avez fait. Il faut garder espoir, Marianne. Gilles a été retrouvé. Vous serez enfin réunis, après toutes ces années…

Il toussota, se racla la gorge.

— À propos… j'étais venu vous emprunter Robin parce que ma Finette ne veut pas caver en ce moment. Elle… elle est d'humeur folâtre depuis quelques jours.

— Oui, bien sûr, dit Marianne qui était loin de songer aux truffes.

Mais Félicien poursuivait son idée :

— Parce que, votre Gilles, il pourrait bien retrouver la mémoire grâce à mes rabasses ! Le goût, le parfum, tout ça… Je ne suis pas très savant mais…

— Mais vous êtes un homme de cœur, déclara Marianne, gravement.

Elle lui sauta au cou.

— Emmenez le chien de Pierrot et trouvez de belles rabasses ! Nous allons tout mettre en œuvre pour réveiller la mémoire de mon mari. Tous ensemble.

En retournant vers le Jas des Muletiers, Robin assis à côté de lui dans la jardinière, Félicien sut qu'il avait une famille.

Et que celle-ci l'aiderait certainement à surmonter la douce violence des souvenirs.

LES SOULIERS DE MADELEINE

1916

Un rai de jour se glissait par l'interstice entre les deux persiennes qui fermaient mal.

« Je dois me lever », pensa Madeleine, déjà épuisée par une nouvelle nuit sans sommeil. Elle ressentait une lassitude extrême, et avait l'impression d'avoir été rouée de coups. Exactement comme, lorsqu'elle était enfant, elle avait dévalé l'escalier de la maison du quartier de la Presle ; cela lui paraissait à la fois lointain et proche.

Elle avait envie de se réfugier dans ses souvenirs d'enfance. Pour mieux oublier la réalité. Pourtant, c'était impossible. Son Alexandre, l'homme qu'elle aimait depuis ses seize ans, était mort. Son compagnon, le père de son fils.

À vingt-cinq ans, elle avait l'impression que sa vie à elle aussi était finie. Il lui fallait se lever, aller réveiller Antoine, l'aider à s'habiller, et aller travailler après lui avoir recommandé de se rendre directement à l'école. La vie continuait. La vie des autres, pas la sienne. Elle aurait voulu remonter le cours du temps, et oublier les derniers jours. Même si elle savait qu'elle ne le pouvait pas.

Chaque matin, Antoine s'arrêtait devant l'épicerie de Marthe et lui achetait deux sous de bonbons. Des caramels bien collants, ceux qu'il préférait. Il savourait le premier, sur le chemin de l'école, gardant les autres pour la récréation. Très vite, ses copains, Maurice et Jacques, le rejoignaient. Ils se dirigeaient alors vers leur école où monsieur Galipont les attendait. Monsieur Galipont avait la cinquantaine, il portait une longue blouse gris fer, des manchettes de lustrine, et avait l'accent du Nord, d'où il venait. Il avait aussi la badine facile, et traitait ses élèves de malappris ou de zèbres. Termes qui laissaient les garçons indifférents. Monsieur Galipont menait un combat perdu d'avance : il cherchait à faire travailler des gamins qui s'en moquaient éperdument et désiraient, eux, gagner des sous le plus vite possible. C'était le cas d'Antoine. Parce qu'il avait vu les différents membres de sa famille travailler dans la chaussure, il brûlait de les imiter.

Avant de partir pour le front, ses deux oncles, Cyrille et Manuel, étaient monteurs chez Lallemand. Sa mère était piqueuse. Elle piquait à la main les éléments de la chaussure avec pour outils et fournitures des bobines de fil de coton, des alènes, de la colle à rempiler à base d'hévéa et un marteau à rempiler. Ses grands-parents maternels travaillaient à domicile à longueur de journée.

Son grand-père Balthazar en profitait d'ailleurs pour sacrer, vilipendant les patrons et les « embusqués », tandis que sa grand-mère, la douce Zélie, se signait et le suppliait de parler moins fort. Zélie était une délicieuse vieille dame aux cheveux blancs tressés en couronne. Elle avait élevé six enfants, dont Madeleine était la dernière, tout en travaillant sans répit. Chaque mercredi soir, veille du sacro-saint jeudi, Antoine allait dormir chez ses grands-parents et grand-mère Zélie lui confectionnait des oreillettes, dont il raffolait. En arrivant dans la petite maison du quartier de la Presle, il courait embrasser Zélie et soulevait délicatement le torchon blanc recouvrant un plat dans la cuisine.

« Ouste, mauvaise troupe ! criait Zélie. Va vite saluer ton grand-père. »

La cuisine tout entière fleurait bon le beignet et cette odeur particulière, à nulle autre pareille, qui distinguait des autres les oreillettes de Zélie.

« C'est l'odeur de l'amour, disait Madeleine. Nous nous aimons tant dans notre famille. »

C'était vrai. Il restait quatre enfants, Cyrille, Manuel, Lise et Madeleine sur les six frères et sœurs et tous s'entendaient à merveille, ce qui compensait l'atmosphère délétère régnant chez les Morrisset, la famille paternelle d'Antoine.

Issu de la bourgeoisie de Bourg-de-Péage, son grand-père paternel, Vincent, possédait une usine de chapellerie. Les Morrisset avaient toujours tenu la dragée haute aux Lormel.

« Ça tombe bien ! proclamait Balthazar, j'ai horreur des gens qui écrasent tout le monde ! »

Les deux familles ne s'étaient jamais fréquentées, et la mort d'Alexandre n'avait pas favorisé un quelconque rapprochement. Alexandre et Madeleine ne s'étaient pas mariés, et Antoine n'avait pas été baptisé. Dans ces conditions, les Morrisset refusaient de recevoir Madeleine, qu'ils appelaient « la concubine » et se comportaient comme si Antoine n'avait pas existé.

Cela ne le dérangeait pas vraiment : il se souvenait encore de la demeure cossue où son père l'avait amené à deux ou trois reprises, avant de couper les ponts avec les siens. « Un mausolée », lui avait-il confié, avant d'ajouter : « Étant enfant, ces statues et tableaux de saints martyrisés m'effrayaient. J'aurais donné n'importe quoi pour ne plus les voir. »

Antoine se mordit les lèvres pour ne pas pleurer. Lorsque les souvenirs le submergeaient, il ne parvenait plus à se maîtriser. Pourtant, il devait être fort, pour sa mère. Il l'avait promis à grand-père Balthazar.

Le jacquemart sonna la demi de huit heures. Il était en retard !

Antoine s'élança et parcourut au galop les trois cents mètres qui le séparaient encore de son école.

1917

Madeleine, très pâle, sortit de l'école et s'appuya quelques instants contre la grille.

— Antoine, que vais-je bien pouvoir faire de toi ? soupira-t-elle.

À ses côtés, son fils n'en menait pas large. Il venait d'essuyer une mercuriale de la part du directeur de l'établissement et se sentait malheureux vis-à-vis de sa mère.

— L'école buissonnière... à ton âge ! Dieu juste ! Ne peux-tu pas comprendre que l'instruction est le seul moyen de sortir de la misère ?

— L'école ne m'intéresse pas, protesta-t-il, buté.

Il ne comprenait rien aux problèmes de trains qui n'arrivaient jamais à la bonne heure. Pour lui, la carte des fleuves de France était un assemblage de couleurs différentes, tout comme la carte des colonies. D'ailleurs, cela ne l'intéressait pas.

— Je veux travailler à l'usine, lança-t-il, bravache.

— À neuf ans ? Tu rêves, mon garçon ! Je vais t'envoyer chez les parents Morrisset, et tu iras chez les frères maristes. Eux réussiront peut-être à te donner le goût de l'étude !

— Les Morrisset ne paieront jamais mes études, rétorqua-t-il.

C'était vrai, naturellement. Madeleine, cependant, refusa de s'avouer vaincue.

— Je trouverai une solution mais, crois-moi, tu seras instruit, de gré ou de force. L'usine… tu n'imagines pas ce que c'est !

Une ombre avait voilé son regard. Gêné, Antoine pensa qu'elle travaillait au moins quinze heures par jour pour s'en sortir. Lorsqu'elle rentrait le soir, elle n'avait même plus la force de souper et se laissait tomber sur son lit. Antoine, lui, avait pris son repas avec Mistoufle, la vieille voisine qui gardait les enfants du voisinage pour gagner quelques sous et jouait avec son chat. Ce n'était pas vraiment son chat, d'ailleurs, plutôt celui de Mistoufle mais comme tous deux s'entendaient bien, Antoine « faisait comme si ». Il recourait souvent à ce subterfuge pour mieux supporter leur vie misérable.

— Je te promets de faire des efforts, affirma-t-il.

C'était plus fort que lui, les phrases sentencieuses de Galipont l'ennuyaient, lui donnaient

envie de fuir la salle de classe dans laquelle il se
sentait enfermé. Le dessin le passionnait, il aimait
aussi lire *L'Épatant* et suivait les aventures des
célèbres Pieds Nickelés.

Comme cette revue était trop coûteuse pour
sa maigre bourse, il attendait que Jacques, l'un
de ses meilleurs copains, l'ait terminée et la lui
prête. Il dessinait un peu partout, à l'aide d'une
craie, ou d'un morceau de charbon. Chez ses
grands-parents, il puisait dans la bibliothèque de
grand-père Balthazar. *Le Capital* l'avait rebuté et
il l'avait vite reposé. En revanche, il s'intéressait
aux livres de Jules Verne, qui le faisaient rêver.
Son grand-père vouait un véritable culte à Victor
Hugo. Lorsqu'il l'évoquait, c'était d'une voix
émue. Antoine n'avait pas tout compris mais il
avait été bouleversé le jour où Balthazar lui avait
lu un chapitre des *Misérables*.

« C'est un grand homme, lui avait-il dit, il nous
a défendus, nous, les petites gens. »

Ces conversations avec son grand-père marquaient Antoine, lui donnaient envie de lire, lui
aussi, pour accéder à un monde dont il ignorait
tout. Mais apprendre les sempiternelles leçons
de Galipont... ça non ! Il donna un coup de
pied dans un gros caillou, ce qui lui valut une
remarque de sa mère.

— Un jour, je te promets, maman, nous ne
devrons plus compter chaque sou ! lui dit-il avec
une gravité soudaine.

À la façon dont elle le serra contre elle, il comprit qu'elle souffrait elle aussi de leur situation précaire. Et il se sentit moins seul.

Elle aurait tant voulu oublier la guerre ! pensa Madeleine, en laissant errer son regard sur le petit jardin de son père, dans lequel il faisait pousser salades et fraises. Antoine et elle étaient venus chez Balthazar et Zélie mais, malgré la présence de Lise et de son époux Gilbert, sa mère n'avait pas eu besoin d'ajouter les allonges à la table. Il manquait Alexandre, Cyrille et Manuel. Ses frères se battaient dans la Somme et, même si elle ne savait pas prier, Madeleine essayait de le faire, pour tenter de les sauver. Il était trop tard pour Alexandre. Que Cyrille et Manuel soient au moins épargnés ! Malgré le soleil de ce dimanche d'été, Madeleine ne parvenait pas à se réchauffer. Elle sentait la guerre partout autour d'eux, jusque sur les gros titres du journal. Maudite guerre ! pensa-t-elle.

La situation s'était aggravée à Romans. Les patrons refusant d'augmenter les salaires, les ouvriers de la chaussure grondaient, parlaient à mots couverts d'un grand mouvement de grève. Cette perspective faisait peur à Madeleine. Elle n'avait pas d'argent de côté, rien qui lui permette de voir venir, et ne voulait pas se confier à ses parents qui se privaient déjà pour envoyer des colis à leurs fils. Elle était seule. Elle songea à

Alexandre, et son visage se figea. Elle ne parviendrait jamais à s'accoutumer au vide de l'absence.

Antoine lui posait de plus en plus de questions au sujet de son père, comme s'il avait eu peur d'oublier certains détails, et Madeleine lui répondait avec simplicité. Son père lui manquait, c'était normal, et Balthazar était trop âgé pour le remplacer.

Elle fit quelques pas dans le jardin, alla humer le parfum poivré de la bordure de petits œillets. « Les fleurs nous aident à bâtir nos rêves », aimait à déclarer son père. Madeleine se rappelait qu'Alexandre lui apportait chaque dimanche un bouquet composé au gré de son humeur. C'était le temps du bonheur.

Réprimant un soupir, elle fit demi-tour, et agita la main en direction de sa mère. Zélie se voûtait, elle paraissait plus que ses soixante-trois ans. Le cœur de Madeleine se serra. Ses parents constituaient son dernier rempart, désormais.

1919

Dans une autre vie, Méliné avait été heureuse. Son époux Grigor et elle vivaient dans un village situé près d'Erzéroum. Ils possédaient des terres, des chevaux, des moutons et des chèvres. Méliné s'occupait aussi de leur élevage de vers à soie. Ils avaient trois enfants, c'était peu pour une famille arménienne, mais Méliné n'était plus tombée enceinte après la naissance de son troisième fils, Grigor le jeune, qui pesait plus de dix livres. Son époux ne lui en avait pas tenu rigueur. Il était bon, et juste. Méliné n'avait jamais regretté de l'avoir épousé, vingt-cinq ans auparavant.

Elle était encore belle, alors. Blonde, avec de grands yeux verts, une silhouette élancée. Hagop, son fils aîné, s'était marié quatre ans auparavant avec Meyriem. Ils avaient un adorable bébé, le petit Andranik, et vivaient avec eux à la ferme. Il en allait ainsi depuis des siècles. Méliné et Grigor hébergeaient aussi la vieille Astane, la mère de Grigor, qui y voyait de moins en moins, et l'oncle Béla. Ils avaient eu l'immense chagrin de perdre leur deuxième fils, Achille, mort du croup alors qu'il avait trois ans.

Ils ne manquaient de rien, la ferme étant prospère. Tous se rendaient à l'église le dimanche. Certes, les Turcs représentaient une menace constante et avaient déjà attaqué la communauté arménienne en 1895, mais Méliné et les siens n'auraient pas imaginé alors les événements à venir, la tragique spirale de violence. Elle revoyait cette journée d'été durant laquelle tout avait basculé. Hagop et son père se trouvaient au marché d'Erzéroum; leur absence les avait sauvés... pour combien de temps?

Méliné entendait encore les cris des Turcs fonçant sur la ferme, sabre au clair, elle voyait les corps des valets gisant sur le sol, elle entendait les hurlements de Meyriem. Elle avait voulu lui enjoindre de se taire, n'en avait pas eu le temps. Un cavalier turc avait saisi la jeune femme, l'avait jetée en travers de sa selle, et emmenée vers les rochers, à plusieurs centaines de mètres. Méliné avait encore entendu Meyriem crier, puis le silence, peut-être encore plus terrible. Quand le Turc était revenu dans la cour, il brandissait la tête de Meyriem. Méliné s'était évanouie. Cela lui avait peut-être sauvé la vie. Comment savoir? Quand elle avait repris ses esprits, ç'avait été pour découvrir les corps mutilés des valets, celui de sa belle-mère et de Grigor le jeune. Méliné avait cru perdre la raison, mais Dieu avait certainement pensé qu'elle n'en avait pas vu assez...

Alors qu'elle sanglotait, elle avait eu la surprise de voir réapparaître de la cave Béla, tenant Andranik dans ses bras. L'urgence avait prévalu sur le désespoir. Toujours pleurant, Méliné avait serré son petit-fils dans ses bras et l'avait entraîné vers la salle, le temps que son beau-frère enterre les corps. Les larmes roulaient le long de ses joues, elle ne parvenait pas à réfléchir de façon cohérente mais elle gardait Andranik serré contre elle et se réconfortait à son contact. Elle se raccrochait aussi à l'idée que Grigor et Hagop étaient saufs.

À la nuit, Béla et elle s'enfermèrent à l'intérieur et tirèrent la barre. Andranik réclamait sa mère, elle lui servit un bol de lait chaud au miel. Ses gestes étaient mécaniques. Elle n'arrivait pas à prier. Si elle s'arrêtait, l'horreur la submergeait et elle devait s'appuyer à la table pour empêcher ses mains de trembler. Béla s'essuyait les yeux en posant sans cesse la même question : « Pourquoi veulent-ils nous exterminer ? »

Ensuite, il avait bien fallu tenter de survivre. Des voisins terrifiés étaient venus frapper à leur porte. Les récits qu'ils racontaient étaient horribles et Méliné ne leur aurait peut-être pas accordé foi si elle n'avait pas vu, de ses propres yeux, l'inconcevable.

Il devenait dangereux de rester. Béla, Andranik et elle étaient partis dans la charrette à laquelle ils avaient attelé la vieille mule, seul animal épargné par les Turcs. Elle avait laissé une lettre à son époux, et tout abandonné. De toute manière, les Turcs avaient razzié leurs bêtes et pillé les greniers.

Méliné avait emporté un peu de linge de rechange ainsi que la photographie les représentant tous les cinq autour de la vieille Astane. Un souvenir des jours heureux.

Méliné frotta ses mains l'une contre l'autre. Certaines scènes étaient plus difficiles à évoquer que d'autres. Elle n'oublierait jamais la vision de la tête coupée de Meyriem, ni la lente, l'interminable descente aux enfers de la marche vers le désert de Deir ez-Zor. Bien qu'ils aient tenté de se cacher à plusieurs reprises, les Turcs avaient fini par les rattraper.

Béla avait été abattu d'une balle dans la nuque. Elle n'avait même pas pu crier. Elle n'avait pas pleuré non plus. Elle n'avait plus de larmes. Serrant les dents, elle avait continué de porter Andranik sur son dos. Imitant une autre femme, elle s'était badigeonné le visage et les cheveux de boue afin de dissimuler son teint clair et ses cheveux blonds.

Des cavaliers turcs, cravache ou sabre à la main, fonçaient sur les groupes de prisonniers, les frappant au hasard. D'autres tuaient les traînards d'une balle, et partaient d'un rire bestial.

Méliné sursautait à peine, désormais. En revanche, elle était toujours aussi horrifiée par l'indicible cruauté manifestée à l'encontre des jeunes femmes arméniennes enceintes. Leurs bourreaux les éventraient d'un coup de sabre en feignant l'intérêt : « Voyons voir... fille ou garçon ? »

Une telle barbarie était insoutenable et Méliné avait pris le pli d'avancer tête baissée, pour ne pas attirer les regards. Ils marchaient, hagards, tenaillés par la faim et la soif, harcelés par les mouches, rongés par l'angoisse. Elle ignorait si son époux et leur fils aîné étaient encore vivants.

Elle ne parvenait plus à prier. N'avait-elle pas le sentiment que Dieu les avait abandonnés ?

1920

Le premier jour, Antoine pénétra dans l'atelier en éprouvant appréhension et excitation. Depuis des semaines, il harcelait sa mère afin qu'elle le laisse travailler.

« Tu vois bien, maman, j'ai raté mon certif, l'école, c'est pas fait pour moi ! » lui répétait-il.

Grand-père Balthazar avait fait chorus. « Le petit s'ennuie à l'école, avait-il glissé à sa fille. Il n'est pas bête, mais l'étude n'est pas faite pour lui. Laisse-le donc se frotter à la vraie vie, ça devrait le faire réfléchir un peu. »

Elle avait fini par céder mais, comme elle ne tenait pas à le voir travailler dans la même fabrique qu'elle, parce que le contremaître se ferait un malin plaisir de le persécuter, elle avait demandé à ses frères de se renseigner. Cyrille et Manuel étaient revenus indemnes de la guerre. En apparence, tout au moins, car Manuel avait pris le pli de boire beaucoup trop et Cyrille restait prostré en dehors de ses heures de travail.

« Cette maudite guerre, tu ne peux pas imaginer… » avait-il confié un soir à sa jeune sœur.

De nouveau, elle avait serré les dents en songeant à Alexandre. L'immédiat après-guerre avait été difficile à Romans. Brusquement, le fameux « effort de guerre » ne s'avérait plus indispensable, et les « poilus » rentraient au pays. Conscients d'avoir sacrifié plus de quatre années de leur vie, ils réclamaient du travail, des pensions, des logements. Il fallait vivre à nouveau, et vite ! Ne pas regarder en arrière, surtout pas.

Les morts appartenaient au passé. La guerre avait mauvaise presse, on ne voulait plus y songer. Madeleine, mère célibataire, veuve sans l'être vraiment, peinait à trouver ses marques. Elle savait que le soutien de sa famille l'avait aidée à tenir bon mais redoutait l'avenir pour son fils. Alexandre aurait su le convaincre de poursuivre ses études, lui semblait-il. Elle n'était pas parvenue à trouver les mots. Elle n'était pas savante et se le reprochait. Simple piqueuse, elle était payée une misère. Elle ne voulait pas de cette existence pour Antoine, mais… avait-elle le choix ? Consultée, Zélie avait poussé un énorme soupir.

« Mon petit, tu as fait ce que tu pouvais pour notre Antoine. C'est notre drame à nous, les mères : nous avons toujours peur pour nos enfants sans pouvoir pour autant les protéger vraiment. »

Il y avait un abîme de douleur dans le regard et dans la voix de Zélie. Madeleine se jeta dans les bras de sa mère.

— Oh! Maman… il me manque tant! Je ne pourrai plus jamais aimer.

— Chut! fit Zélie, en la berçant comme lorsqu'elle était sa petite dernière. Tu n'as pas encore trente ans, ta vie n'est pas finie, ma petite fille. Garde confiance, en toi et en Antoine.

De toute manière, Madeleine n'avait pas le choix! Et elle s'était surprise à penser que le salaire rapporté par son fils la soulagerait un peu. Certes, au terme d'un long conflit social, en 1917 et 1918, les paies avaient été augmentées, mais leur niveau était si bas que cela n'avait pas permis aux ouvriers de la chaussure de se sortir de la misère. Madeleine avait souvent l'impression que leur famille avait éclaté et que plus rien ne serait comme avant. Lorsqu'elle prenait le temps – rarement! – de jeter un coup d'œil à l'unique miroir de leur logement, accroché au-dessus de l'évier, elle se trouvait les traits tirés, le visage las. Peut-être aurait-elle dû détacher ses longs cheveux blonds, qu'elle nattait puis portait en chignon, mais elle n'en avait guère le goût. Mère célibataire, elle ne désirait pas se faire remarquer ni attirer les commérages. Elle faisait régulièrement l'objet de sollicitations masculines, qu'elle décourageait fermement. Aimer à nouveau, puis souffrir? Merci bien! Elle se consacrait exclusivement à son fils et à sa famille. Elle avait renoncé à recevoir un jour une invitation des Morrisset pour Antoine.

Ces bons catholiques préféraient ignorer l'existence de leur petit-fils plutôt que de devoir reconnaître que leur fils avait vécu en dehors des liens du mariage. Cette idée bouleversait Madeleine mais elle se gardait bien d'évoquer le sujet avec son fils.

Il leur restait un bel album de photographies sur lesquelles tous trois souriaient à la vie. Elle gardait aussi précieusement les lettres d'Alexandre. N'était-ce pas le plus important ?

Même s'il regrettait l'époque insouciante de l'école, Antoine ne l'aurait avoué pour rien au monde. Il avait fantasmé sur un rêve de liberté, pour se rendre compte qu'il dépendait entièrement du contremaître. Il travaillait comme apprenti chez Feuillart et écopait de la plupart des corvées. Force lui était de reconnaître que sa tâche n'avait rien de passionnant.

Il apprenait à couper les peaux à l'aide d'un tranchet de coupeur et portait les colis de chaussures à la gare. Il se sentait presque un homme, cependant, parce qu'il avait quitté définitivement l'école. Il s'essayait à fumer, ce qui lui valait quelques quintes de toux et haut-le-cœur. Il s'obstinait, parce que cela aussi faisait partie de l'idée qu'il avait d'un homme. Pas dupe, son grand-père se moquait gentiment de lui.

« Pas encore de barbe, gamin ? Ne sois pas trop pressé, tu vieilliras bien assez vite ! »

Balthazar Lormel restait un modèle pour Antoine. Il l'emmenait le dimanche pêcher dans l'Isère à Vernaison et, à leur retour, ils étaient accueillis par Zélie et Madeleine qui les acclamaient comme des héros. Balthazar échangeait alors un sourire complice avec son petit-fils.

« Ce que sont les femmes, tout de même ! Un rien les amuse… »

Heureux et fiers, ils s'installaient sur les chaises sorties dehors tandis que les femmes s'affairaient à préparer les truites. Oh ! le bonheur de ces dimanches de mai, alors qu'une légère brume floutait le contour des collines ! Cyrille et Manuel rejoignaient leurs parents aux douze coups de midi et s'installaient à leur tour. Zélie avait confectionné ses fameuses ravioles, qui rencontraient toujours autant de succès. Elle mélangeait pour sa recette de base 300 grammes de farine, trois œufs, 15 millilitres d'huile d'olive, une pincée de sel et farcissait ses ravioles de fromage, de persil, de lardons ou de petites asperges. On lui en commandait souvent, dans le voisinage, pour les fêtes, les mariages et les baptêmes, et elle les apportait à domicile par « grosse ». La « grosse », unité de mesure utilisée depuis le Moyen Âge, représentait trois plaques de quarante-huit carrés de deux centimètres de côté.

Zélie s'exécutait, pour le plaisir de rendre service plus que pour le gain – pas question, en effet, de s'enrichir sur le dos de ceux qui n'avaient pas grand-chose ! – mais fatiguait plus vite qu'auparavant. Sa fille n'avait guère le loisir de l'aider. Madeleine effectuait de rudes journées pour parvenir à payer le loyer de leur taudis sans confort. Il fallait aller chercher l'eau à la pompe, se laver dans une cuvette en émail, cuisiner sur le poêle à bois… Parfois, elle jetait un regard désespéré à leur logement en réprimant une furieuse envie de pleurer. Pas d'argent, pas d'avenir, se disait-elle, avant de pousser un long soupir et de relever la tête.

Avait-elle le choix ? Elle devait avancer, pour Antoine, pour les siens.

Le souvenir d'Alexandre lui-même paraissait se diluer dans le vague. Elle luttait contre cet état de fait, en souffrait, tout en reconnaissant son impuissance. Peu à peu, Cyrille lui faisait quelques confidences et elle mesurait mieux l'abominable boucherie qu'avait été la guerre.

Elle aspirait à une autre vie, tout en sachant combien son désir était irréalisable.

Un joli rêve…

1921

Une lumière dorée éclairait Beyrouth, faisant chanter les couleurs, bleu de la mer et du ciel, ocre des pierres.

« Un nouveau jour », se dit Méliné, en soulevant un pan de la tente sous laquelle elle avait trouvé refuge. Andranik dormait encore. Les épreuves n'avaient pas marqué son visage auréolé de boucles sombres. En revanche, il était petit pour son âge – huit ans, déjà –, certainement à cause des privations subies. Pourtant, Méliné avait toujours veillé à lui donner le peu dont elle disposait et – Dieu lui pardonne ! – avait même volé pour lui. Les Américains les avaient sauvés, son petit-fils et elle, au cours de l'année 1919. L'organisation américaine d'aide humanitaire au Proche-Orient, Near East Relief, s'était en effet fortement investie dans le secours apporté aux Arméniens.

Cependant, Méliné avait refusé avec force d'être séparée d'Andranik. Que les Américains envoient les enfants recueillis dans des orphelinats, à Sidon, Ghazir, Alep ou Beyrouth… c'était leur affaire, mais elle avait sauvé Andranik, et elle ne le quitterait pas. Face à sa détermination, un pasteur avait suggéré d'héberger la grand-mère et son petit-fils sous l'une des tentes, refuges provisoires installés dans un jardin.

Les épreuves subies avaient fait de Méliné une louve prête à tout pour défendre son petit-fils. Elle n'avait plus que lui… elle ne laisserait personne les séparer.

Les Américains se montraient gentils et compatissants à l'égard des réfugiés arméniens, même s'ils ne mesuraient pas toujours l'ampleur de la tragédie. Ils donnaient l'impression que tout s'arrangerait à partir du moment où les rescapés étaient nourris correctement, mais c'était illusoire, bien entendu. Chaque nuit, d'horribles cauchemars réveillaient Méliné. Elle aurait pu les surmonter s'il s'était agi de simples cauchemars, mais, en fait, elle revivait chaque étape du calvaire des Arméniens. Elle aurait voulu partager sa souffrance avec d'autres rescapés, essentiellement des femmes et des enfants, sans toutefois y parvenir. Le malheur l'avait fait se replier sur elle-même. Elle, jadis heureuse de vivre et pleine d'entrain, avait l'impression d'être devenue une vieille femme. Racornie, sans espoir.

Heureusement, le pasteur Demeris et son épouse, Deborah, étaient des personnes de cœur. Ils avaient pris Andranik sous leur protection, avaient fait intégrer au petit garçon leur école en plein air. Deborah, qui parlait l'arménien, venait souvent voir Méliné et tentait de la faire sortir de son mutisme.

« Vous devez vivre, pour Andranik et pour vous, lui répétait-elle. Que deviendrait votre petit-fils si vous vous laissiez mourir ? Y avez-vous songé ? »

Précisément, depuis leur arrivée à Beyrouth et leur prise en charge par les Demeris, Méliné n'avait plus la force de lutter. Elle avait accompli un véritable exploit durant les dernières années. Désormais, elle n'aspirait plus qu'au repos.

Curieusement, lorsqu'elle apprit la mort de son époux et de son aîné, elle comprit qu'elle devait à nouveau se battre. Elle avait continué à espérer que Grigor et Hagop avaient survécu. Après tout… n'étaient-ils pas plus forts et plus résistants qu'elle ? Mais, comme le lui expliqua Djebraiël, un lointain cousin retrouvé par le plus grand des hasards à Beyrouth, Grigor et Hagop étaient des hommes dotés d'une certaine prestance, vivant dans l'aisance.

Des ennemis pour les Turcs… De ceux qu'il fallait abattre en priorité. Djebraiël avait eu la vie sauve parce que son meilleur ami, un Turc, l'avait caché dans le cellier de sa maison au plus fort des

massacres. Par la suite, il était parti en direction
du sud afin de ne pas compromettre son sauveur.
Habillé avec soin, montant un cheval d'assez
belle allure, Djebraiël n'avait pas été importuné.
Cependant, la situation s'était gâtée lors d'un
contrôle. On l'avait jeté à bas de son cheval, et
laissé pour mort au poste-frontière. Des compatriotes aussi démunis que lui l'avaient porté dans
une grotte où ils lui avaient dispensé leurs soins.
Djebraiël avait déliré plus d'une semaine avant de
reprendre conscience. Il avait ensuite partagé la vie
de ceux qui l'avaient sauvé, de Malatia au Liban.

Méliné et lui s'étaient retrouvés grâce au pasteur Demeris qui avait remarqué leur origine
commune, du côté de Kharpout. Djebraiël avait
perdu sa jeune épouse, Manouchak, enceinte de
leur premier enfant. Méliné et lui avaient échangé
un regard terrible lorsqu'il lui avait fait cette
confidence. Il avait envoyé Manouchak chez ses
parents dans le but de la mettre à l'abri. Personne
n'avait survécu.

« Ma vie n'a plus de sens », avait-il déclaré à sa
cousine, et elle s'était contentée de désigner d'un
geste de la main la silhouette menue d'Andranik
revenant de l'école. « Nous devons continuer à
vivre, pour nos enfants qui ont survécu, avait-elle
martelé. Sinon, ils auront gagné, ils nous auront
tous exterminés, et ce sera monstrueux. »

Ce jour-là, Djebraiël avait parlé pour la
première fois de la France. On savait que le sort

des Arméniens avait bouleversé nombre de pays mais, durant la guerre, il était difficile d'organiser des secours. En revanche, la paix revenue, tout un système s'était mis en place. Nombre d'Arméniens refusaient de retourner en Turquie où leur présence, d'ailleurs, était jugée indésirable, et cherchaient à émigrer vers des pays comme la France ou la Grande-Bretagne. Pour ce faire, les rescapés comptaient beaucoup sur l'entraide, familiale ou amicale. Ceux qui étaient installés dans un pays d'accueil se démenaient pour obtenir du travail pour leurs proches.

La solidarité n'était pas un vain mot chez les Arméniens et Djebraïël avait des relations. Cordonnier de métier, il s'était aussi investi dans la défense de son peuple, et écrivait des articles pour un journal avant les tragiques événements de 1915.

Méliné sourit à son parent.

— Grigor évoquait souvent la France, lui aussi. Le pays de la Révolution et des droits de l'homme… Que ferons-nous là-bas, Djebraïël, si jamais nous y parvenons ?

Les yeux verts de son cousin étincelèrent.

— Nous recommencerons à vivre, Méliné ! Sans redouter une attaque des Turcs ou un massacre. En femmes et en hommes libres.

De nouveau, Méliné avait regardé du côté d'Andranik. À huit ans, il avait échappé au sort dramatique des enfants « islamisés », au visage et au corps recouverts de tatouages bleus indélébiles, mais, si elle venait à lui manquer, il risquait fort de sombrer dans la plus grande misère.

Elle prit une longue inspiration.

— Essaie de nous amener en France, Djebraïël. Nous le devons aux nôtres qui n'ont pas eu la chance de survivre.

1922

Un soleil radieux rendait encore plus attirantes les façades des maisons bâties de l'autre côté du pont séparant Romans de Bourg-de-Péage.

Antoine ne se souvenait plus vraiment de l'endroit où se trouvait la demeure des Morrisset mais il pensait assez souvent à eux. Ce n'était pas l'envie qui l'animait, non, mais plutôt une certaine curiosité. À quatorze ans, son père lui manquait de plus en plus. Il aurait aimé s'entretenir avec lui de ces questions qui le tracassaient. Pourquoi avait-il une envie croissante de se révolter contre le contremaître, qui considérait les ouvriers et les apprentis comme des moins-que-rien ? Pour quelle raison avait-il l'impression, à certains moments, que le sang bouillonnait dans ses veines ? Il était tiraillé entre le désir d'aider sa mère et l'envie de sortir, le dimanche, en compagnie de ses camarades. Il commençait aussi à s'intéresser aux filles, de préférence celles qui se montraient audacieuses et impertinentes. Il ne s'imaginait pas se confiant à sa mère, même si Madeleine était proche de lui. Il la voyait lasse, et soucieuse. Elle effectuait une double journée de travail, rapportant chez eux des tiges à monter.

Un soir, il avait piqué un baiser dans son cou et lui avait chuchoté à l'oreille :

— Un jour, je te confectionnerai les plus belles chaussures du monde.

Elle avait souri, un peu tristement.

— C'est gentil, mon chéri, mais je n'aurai pas l'occasion de les porter pour aller chercher le pain ou le lait.

Il aurait voulu répliquer qu'elle était toujours belle, et que n'importe quel homme pouvait fort bien tomber amoureux d'elle, mais il n'avait pas osé le faire. Madeleine l'intimidait et il l'aimait, éperdument.

Sans même en avoir conscience, il s'engagea sur le pont. Pourtant, ses amis Maurice et Émile l'attendaient là où ils se retrouvaient le dimanche matin et ils allaient s'impatienter.

Il franchit le pont, jeta un coup d'œil indécis aux maisons dont les fenêtres ouvraient sur l'Isère. Il s'imaginait mal allant tirer toutes les sonnettes afin de retrouver la demeure des Morrisset. Il haussa les épaules. Fallait-il être bête, tout de même, pour désirer renouer avec des grands-parents qui l'avaient rejeté, lui, le bâtard ! Il était plus fier que ça.

De toute manière, il n'éprouvait aucune sympa-
thie pour ces bourgeois qui faisaient cause commune avec les patrons !

Se ravisant brusquement, il fit demi-tour et
courut rejoindre ses copains.

Zélie versa les ravioles dans l'assiette réservée
à cet usage et la tendit à sa fille.

— Mange ! ordonna-t-elle. Tu es maigre à faire
peur !

Madeleine secoua la tête.

— Merci, maman, mais je n'ai pas faim.

Elle écarta son assiette d'un geste las. Ses
cheveux se dénouèrent, elle les repoussa derrière
les oreilles en soupirant.

— Que se passe-t-il, ma grande ? insista Zélie.
Toi, toujours si vaillante... J'ai l'impression que
tu n'as plus de forces.

— Il y a des jours où je n'en peux plus, souffla
Madeleine.

Elle se mit à trembler. Zélie s'alarma.

— Qu'y a-t-il, Mado ? Des soucis au travail ?
Tu es malade ? Ou le petit ?

La jeune femme faisait « non » de la tête. Déjà,
elle se ressaisissait. Elle se redressa, rejeta les
épaules en arrière.

— Ne t'inquiète pas, maman, reprit-elle, c'est
juste un coup de fatigue. D'ici une heure, il n'y
paraîtra plus.

Il y avait autre chose, Zélie en était persuadée. Son instinct le lui soufflait. Elle réprima un soupir. Il lui semblait parfois que son cœur de mère était destiné à souffrir en permanence. Après avoir perdu deux enfants en bas âge, elle avait vécu la guerre comme une torture permanente, priant pour ses fils et pour Alexandre. À présent, elle s'inquiétait de plus en plus pour Madeleine, sa dernière-née. Sa fille avait donné l'impression de surmonter son chagrin mais, de nouveau, elle s'étiolait. Certes, Antoine faisait régulièrement des siennes, mais Madeleine avait assez de jugeote pour ne pas s'angoisser outre mesure à son sujet. Alors ? De quoi s'agissait-il ? un autre homme ?

Au contraire, Madeleine paraissait tout faire pour passer inaperçue. Elle avait été une jeune fille rayonnante, avec ses cheveux blond foncé et ses yeux verts, une vraie beauté courtisée par la jeunesse de Saint-Nicolas et de la Presle. Naturellement, elle s'était amourachée d'un gars de Bourg-de-Péage qui n'avait rien de commun avec elle ! Balthazar avait assez grommelé qu'on ne mélangeait pas les choux et les carottes !

Mais il avait fini par s'incliner face à la détermination de Madeleine. Il était incapable de résister à la petite dernière.

Et, de toute manière, Madeleine n'en avait toujours fait qu'à sa tête.

Zélie tapota l'épaule de sa fille.

— Antoine a bien grandi ces derniers temps.

— Oui, fit Madeleine d'une voix atone.

Elle se leva.

— Excuse-moi, maman, je préfère rentrer. J'ai terriblement mal à la tête.

— Va, mon petit, acquiesça Zélie, l'enveloppant d'un regard attendri. N'oublie pas les oreillettes pour le petit.

— Non, merci, maman. Embrasse papa pour moi. Je n'ai pas le courage de l'attendre.

La mère et la fille échangèrent un coup d'œil complice.

— Tu sais bien que, le mardi soir, il rentre tard de sa réunion syndicale. Le temps que ces messieurs refassent le monde…

Elle ne croyait pas vraiment aux lendemains qui chantaient promis par son époux. Pour sa part, elle n'avait foi que dans le travail. La révolution de 1917 survenue dans la lointaine Russie avait suscité nombre d'espoirs, notamment chez Balthazar l'anarchiste, mais Zélie estimait que cela ne changerait pas grand-chose. L'argent irait toujours aux riches, c'était dans l'ordre des choses.

Elle resta sur le seuil de sa maison, à contempler Madeleine qui se hâtait vers son logement. De nouveau, elle songea qu'elle lui dissimulait quelque chose, et que c'était peut-être grave.

Chaque matin, Madeleine se rendait à l'usine la peur au ventre.

C'était la faute de Pierquin, un sale type qui venait d'être promu contremaître. Il se comportait en tyran avec les ouvrières de son atelier et exerçait sur elles un véritable droit de cuissage. Depuis qu'il avait jeté son dévolu sur Madeleine, elle s'efforçait d'échapper à ses avances. Ce petit manège ne pourrait durer éternellement, elle en avait tout à fait conscience, et savait que, tôt ou tard, elle devrait quitter l'usine. Elle n'avait pas la moindre intention, en effet, de céder à l'odieux chantage de Pierquin, mais elle paniquait à l'idée de se retrouver sans travail. Elle ne pouvait se permettre ce luxe, et Pierquin le savait très bien. C'était pour cette raison qu'il finissait toujours par obtenir ce qu'il convoitait. Parce que la misère était sa meilleure alliée.

Une atmosphère étrange régnait à bord du *Bucéphale* qui faisait route vers Marseille. Ses passagers considéraient la France comme une sorte de Terre promise, où ils seraient, enfin, en sécurité.

La France, qui manquait de main-d'œuvre depuis la saignée de la guerre, avait besoin de bras. Des chefs d'entreprise avaient contacté les orphelinats au Liban et en Syrie, afin de faire venir les survivants. Les Arméniens qui étaient déjà installés en France depuis le début du siècle se démenaient pour faire venir leurs compatriotes.

Depuis longtemps, en effet, la France et l'Arménie entretenaient des relations privilégiées. Déjà, à la fin du XVIIe siècle, des marchands arméniens s'étaient installés à Marseille et à Montpellier. De nombreux étudiants arméniens étaient venus à Paris au XIXe siècle afin de se sentir un peu plus libres. Influencés par les écrits de Victor Hugo, de Voltaire ou de Rousseau, ils étaient retournés chez eux avec le désir de moderniser leur communauté vivant au sein de l'Empire ottoman. Djebraïël était entré en contact épistolaire avec des cousins, installés à Marseille depuis la fin du siècle dernier. Ils étaient remontés au cours des années le long du Rhône, et avaient fait souche à Romans.

Ils avaient affirmé à Djebraïël qu'il y aurait du travail pour lui, et il avait sauté sur l'occasion. Méliné s'était laissé facilement convaincre. Quel avenir y aurait-il au Liban pour Andranik et elle ? Continuer à survivre grâce à la générosité des Demeris ? Ceux-ci finiraient par retourner aux États-Unis, Deborah Demeris commençait d'ailleurs à souffrir des effets du climat. Djebraïël, Méliné et Andranik étaient partis au début de septembre.

Djebraïël, accoudé au bastingage du *Bucéphale*, avait longuement contemplé la côte qui s'éloignait. Il éprouvait une conscience aiguë de leur exil, pressentait qu'il ne retournerait jamais là où ils avaient tant souffert. Manouchak était morte depuis 1915. Sept longues années durant lesquelles il avait pensé à elle chaque jour. À présent, il se disait qu'il fallait envisager de vivre. Malgré tout.

De son côté, Méliné était partie sans regrets, hormis celui de quitter la terre ancestrale. Elle ne saurait jamais où son époux et son fils aîné avaient été enterrés, et elle laissait ses morts derrière elle. Elle avait serré son petit-fils contre elle, lui chuchotant des mots tendres, lui promettant un avenir meilleur auquel elle-même n'était pas certaine de croire. Mais, n'est-ce pas, il fallait bien tenter de sauvegarder l'espoir…

D'une certaine manière, son travail d'ouvrier tanneur permettait à Djebraïël de renouer avec le passé. Au moment de l'écharnage, particulièrement, alors qu'il raclait les chairs et les graisses adhérentes au derme des peaux disposées sur un chevalet spécial, il revoyait son père lui enseigner les bases du métier. Il entendait même Kamelyan lui expliquer : « Tu vois, mon fils, il faut respecter la bête, tu travailles sur un matériau vivant. Tu fais du cuir et tu dois en être fier. »

Fier, oui, il l'était, alors qu'il secondait son père dans la tannerie familiale, en bordure de rivière. Les Turcs avaient tout détruit, les bassins, les outils, les chevalets : Djebraïël revoyait la tannerie, haute de deux étages, avec des salles réservées au tannage et au corroyage.

Il aimait l'odeur, l'âme du cuir, découverte lorsqu'il sortait les peaux du foulon. Son père avait une expression : « Laisse les peaux revenir à elles-mêmes. » C'était tout à fait ça, se disait Djebraïël, en maniant son couteau avec dextérité. Il avait été embauché sur-le-champ lorsqu'il avait mentionné au patron de la tannerie que son père était de la partie. Il comprenait le français, appris à l'école lorsqu'il était enfant, le parlait un peu mais avait vite progressé. Ses compagnons de travail étaient sympathiques. Taiseux, comme l'étaient souvent les tanneurs, attachés à réaliser « de la belle ouvrage ». Ils habitaient le quartier des tanneurs, la Presle, là où de nombreuses galeries couvertes permettaient de faire sécher les peaux.

Lui-même y avait déniché un petit logement.

Il y vivait en compagnie de Méliné et d'Andranik. Sa cousine, chaperonnée par une Arménienne installée à Romans de longue date, avait appris à monter des tiges de chaussures, tâche qu'elle pouvait accomplir à domicile. Ses doigts étaient habiles, elle travaillait vite, encore plus vite, pour ne pas penser. Leur voisine, Aïda, venait de Kharpout. C'était une belle femme brune d'une quarantaine d'années, mère de trois fils. Son époux travaillait à l'usine Bonnefoy.

Son plus jeune fils était du même âge qu'Andranik. Ils se rendaient à l'école ensemble, ce qui rassurait Méliné. Les premiers temps, elle avait eu peur de tout, notamment du tramway.

Les années de terreur l'avaient tellement marquée qu'elle n'osait plus croire à un quelconque répit. Méliné vivait dans l'angoisse sans parvenir à se rassurer. Sans Djebraïël, elle n'aurait jamais osé quitter Beyrouth. Loin de son pays, elle avait l'impression d'avoir abandonné les siens. Elle

les retrouvait durant les nuits, peuplées de cauchemars. Elle aurait voulu pouvoir se confier, se
défaire des images obsédantes qui la hantaient.
Même avec Aïda, elle était incapable de raconter le passé. De toute manière, les survivants ne
savaient-ils pas tous à quoi ils avaient échappé ?
À quoi cela aurait-il servi de remuer les horreurs
du passé ? Grâce à leur travail acharné, Méliné
et Djebraïël gagnaient de quoi survivre dans le
quartier ouvrier de la Presle. Pour l'instant, elle
ne désirait rien d'autre.

Elle avait conscience de la nécessité pour eux
d'entamer une nouvelle vie, sans imaginer comment faire. Elle n'avait pas le droit de se laisser
mourir. En tant que survivante, elle se devait de
vivre. Pour tous les siens qui avaient été exterminés.

1922

Antoine franchit d'un pas décidé la grille et remonta l'allée en direction d'une maison en pierres. Avant de venir, il avait cherché l'adresse exacte des Morrisset à la poste. Il ne calerait pas, ne se découragerait pas. Il avait déjà tenté une fois de retrouver ses grands-parents, sans succès.

Il gravit les six marches d'un perron encadré de deux statues, appuya sur la sonnette. Il attendit un petit moment, le cœur battant, avant qu'on vienne lui ouvrir. Une femme d'une soixantaine d'années, la taille ceinte d'un tablier gris foncé, le considéra d'un air défiant. Antoine se redressa. Il avait grandi au cours des derniers mois, et acquis un peu d'assurance.

— Qu'est-ce que vous voulez ? s'enquit-elle d'un ton peu engageant.

Sa casquette à la main, il déclina son prénom et son nom, et demanda à parler à monsieur ou madame Morrisset.

La femme leva les yeux au ciel.

— Entrez, je vais voir si Monsieur peut vous recevoir. Essuyez bien vos pieds ! ajouta-t-elle.

Tenté de faire demi-tour, il pénétra finalement dans le vestibule orné de tableaux sombres. Des rideaux en velours vert foncé, du carrelage noir et blanc au sol, un fauteuil recouvert de velours assorti… « Ça sent le rupin ! » aurait dit grand-père Balthazar s'il s'était trouvé à ses côtés. Cette pensée permit à Antoine de ne pas s'enfuir.

Il patienta quelques minutes avant de voir surgir un homme de haute taille, qui se tenait un peu voûté. Complet gris foncé, chemise, cravate, il était si éloigné des personnes côtoyées par Antoine au quotidien que l'adolescent prit peur. Pourquoi était-il venu ?

Ce fut d'ailleurs la question que lui posa le maître de maison.

— J'avais envie de vous rencontrer, répondit Antoine. Pour me rendre compte.

Il n'avait pas préparé de discours, ni d'explications. Se rendre compte… c'était bien sa motivation. Parce que les traits de son père s'estompaient dans sa mémoire.

Le vieil homme haussa les épaules.

« J'ignore ce que ta mère a pu te raconter, mais dis-toi bien que nous n'appartenons pas au même monde. Tu es un gamin du quartier Saint-Nicolas, tu as grandi dans un milieu que nous... enfin, qui ne nous correspond pas. Nous habitons de l'autre côté du pont. Je possède une chapellerie. Elle reviendra à mon neveu Gervais. Toi, tu n'as droit à rien. Nous ne sommes même pas certains que notre fils soit ton père. »

Antoine rougit violemment. Même si l'ambiance était parfois désagréable à la fabrique, il ne s'était jamais senti humilié de cette manière. Là-bas, au moins, tous, ouvriers et apprentis, étaient placés au même niveau.

Antoine releva la tête. Bien qu'il ait grandi, il n'arrivait pas à la hauteur du regard de son interlocuteur.

« Je ne vous demande rien », répliqua-t-il, la mâchoire crispée, les traits durcis.

Il n'ajouta pas qu'il aurait seulement désiré évoquer Alexandre avec son propre père, qu'il ne cherchait pas à obtenir quelque argent. Il venait de comprendre que cela n'intéressait pas un monsieur Morrisset. Constat difficile à accepter, mais qui lui permettrait de ne plus entretenir de regrets. La phrase terrible : « Dis-toi bien que nous n'appartenons pas au même monde » l'avait profondément marqué.

Une ombre voila le regard du vieil homme. Était-il prêt à faire marche arrière ? Regrettait-il sa brutalité verbale ? Déjà, il s'était ressaisi, tournait le dos à Antoine.

« Adieu », jeta-t-il par-dessus son épaule.

Sonné, Antoine sortit de la maison, redescendit lentement les marches du perron.

« Oui, adieu ! pensa-t-il avec force. Je ne suis pas près de revenir ici ! »

Il ne raconterait pas sa démarche à Madeleine. Pas question qu'elle se ronge encore plus les sangs ! Elle avait perdu son travail deux mois auparavant et peinait à retrouver un emploi.

« À cause de ce maudit Pierquin », avait-elle confié à ses parents. Antoine l'avait entendue. Madeleine craignait qu'il ne la critique auprès des autres employeurs. Lorsque la situation était devenue intenable, elle avait fini par faire un scandale au milieu de l'atelier, en criant qu'elle ne céderait pas à son harcèlement. Cependant, les autres ouvrières ne l'avaient pas soutenue, se contentant de faire le dos rond.

Madeleine, considérée comme une forte tête, – « comme son père », chuchotait-on – ne retrouverait pas une place de sitôt. C'était la triste loi du monde du travail, contre laquelle des hommes comme Balthazar se battaient depuis des lustres. Céder aux pressions, ou crever de faim. Ce constat révoltait Antoine.

Il connaissait assez les choses de la vie, désormais, pour comprendre la nature des pressions exercées par un sale type comme Pierquin. Il serra les poings. Partout, du mépris. Il désirait tourner définitivement la page Morrisset. « Tant pis pour eux », se dit-il. Mais il savait bien au fond de lui que la plaie demeurait, béante.

— J'ai préparé des baklavas aux noix et aux pistaches.

Les yeux brillants, Aïda tendit à Méliné un plat recouvert d'un torchon. Sa voisine, bouleversée, ne put que balbutier un remerciement. Elle souleva le torchon, huma les gâteaux avant de dédier un sourire un peu tremblé à Aïda.

— Ce parfum… murmura-t-elle, les yeux mi-clos. Oh ! ma chère Aïda, vous ne pouvez imaginer ce que cela représente pour moi. Comme si les jours heureux avaient le pouvoir de revenir… Ma belle-mère qui, comme la plupart des grand-mères arméniennes, cuisinait pour toute notre famille, en confectionnait une fois par semaine. Je revois mes fils… il ne fallait pas leur en promettre !

Ses yeux s'emplirent de larmes. Elle éclata en sanglots en s'appuyant contre l'épaule d'Aïda.

— Pleure, ma belle, lui dit celle-ci d'une voix très douce. Pleure tes enfants, pleure ton époux, pleure ton pays. Le petit, Djebraiël et toi êtes saufs. Il faut vivre.

Après avoir beaucoup pleuré, Méliné se ressaisit. Aïda avait raison, elle ne pouvait pas continuer à se tenir en retrait, comme si elle s'était sentie coupable d'avoir survécu. Andranik et Djebraiël avaient le droit de mener une autre

existence. Elle garderait pour elle ses atroces souvenirs, « ferait comme si ». Il était nécessaire de
tricher, parfois. Pour continuer à vivre.

De retour de la tannerie, Djebraïël fut accueilli par le sourire de sa cousine. Elle lui offrit de
puiser dans le plat de baklavas, ce qu'il fit avec
plaisir.

Comme chaque soir, il alla se laver dehors, à
la fontaine. Le propriétaire promettait régulièrement que chaque logement disposerait bientôt
de l'eau courante, mais il n'y croyait guère. La
tannerie imprégnait non seulement ses vêtements
mais aussi sa peau. Il était fier de travailler, même
s'il aurait aimé pouvoir reprendre un jour son
métier initial de cordonnier. « Chaque chose en
son temps », se dit-il.

Il s'étrilla avec vigueur, regagna le logement.
Andranik était revenu de l'école et faisait ses
devoirs sur la table de la cuisine. Il se débrouil-
lait bien en français ; un enfant, ça apprenait vite.
Lui-même y parvenait aussi. Seule Méliné peinait.
Il l'enveloppa d'un regard songeur.

Ses cheveux avaient blanchi, son visage était
creusé de rides. Malgré tout, elle commençait
à relever la tête, se dit-il. Il avait l'impression
qu'Aïda l'avait aidée à se réinsérer dans la vie.
Méliné lui tendit à nouveau le plat de baklavas.

— Prends, l'invita-t-elle, sers-toi. Andranik a
déjà puisé largement dedans.

Le garçon fit « oui » de la tête.

— Ils sont drôlement bons ! approuva-t-il.

Il commençait à émailler sa conversation de mots d'argot. Il serait bientôt chez lui en France pensa Djebraiël, et son cœur se serra en songeant à Manouchak et à Meyriem. C'était bien ainsi. Leur avenir, s'ils en avaient un, était en France.

1923

Une brume tenace pesait sur la ville. Madeleine
se hâtait vers l'usine Senoblet où elle avait enfin
trouvé du travail. Elle avait passé une mauvaise
nuit, s'était rendormie au petit matin et avait
rêvé d'Alexandre. Il s'éloignait dans le brouillard, lui disait quelque chose qu'elle ne comprenait pas, et elle courait vers lui, sans parvenir à
faire un mouvement. C'était horrible. Il y avait
longtemps qu'elle n'avait pas fait ce genre de
cauchemar.

Elle courut pour franchir les derniers mètres la
séparant de l'usine. Elle ne devait pas arriver en
retard, elle avait eu assez de peine à décrocher cet
emploi de piqueuse.

Son nom la desservait. On lui déclarait le plus
souvent : « Vous êtes de la famille de Balthazar
Lormel ? » et, elle, fièrement, répondait : « C'est
mon père. »

La situation sociale s'était tendue à Romans. Les grèves se succédaient. Madeleine tentait de se convaincre qu'il y aurait toujours du travail, mais elle n'y parvenait pas. Manuel avait été renvoyé à cause de son alcoolisme. Il était revenu chez ses parents et s'était fait sermonner par son père. Après une dispute plus mouvementée que d'habitude, il était parti en claquant la porte, au grand dam de Zélie qui avait tenté, en vain, de s'interposer entre les deux hommes. Après son départ, elle avait reproché à Balthazar son manque de patience mais il s'était obstiné.

« La guerre l'a cassé, comme tant d'autres. J'ai essayé de le provoquer, pour le faire sortir du marasme dans lequel il s'enlise, mais cet âne bâté ne veut rien entendre. Nous ne pouvons pas l'entretenir éternellement, Zélie, il est capable de gagner correctement sa vie… à condition de ne pas se saouler dès le matin. »

Il avait raison, Zélie le savait, même si son cœur de mère saignait.

Cette querelle avait jeté une ombre sur les relations familiales. Madeleine comprenait son père, car Manuel était devenu violent, ingérable, tout en souffrant pour sa mère. Que leur était-il arrivé ? se disait-elle parfois, se souvenant de leurs jeux et de l'affection qui les unissait. La guerre avait tout détruit.

Elle marqua un temps avant de pénétrer dans l'atelier dont l'odeur lui soulevait le cœur. Elle rêvait de pouvoir créer à sa guise, d'utiliser de belles matières, de ne plus suivre aveuglément les ordres des patrons qui recherchaient avant tout la rentabilité.

« De la belle ouvrage », disait Zélie lorsqu'elle avait fini de broder un drap ou de confectionner une chemise pour Antoine. Voilà, se dit Madeleine. Elle aussi aimerait faire « de la belle ouvrage ». Sa camarade Jacqueline lui décocha une bourrade.

« Dépêche-toi ! Le "singe" va encore piquer sa crise. »

Réprimant un soupir, Madeleine pénétra dans l'atelier.

La nuit était tombée quand les ouvrières sortirent de l'atelier. Une mauvaise surprise les attendait. Une couche épaisse de verglas recouvrait la ville, figée dans le froid. Les trottoirs comme les chaussées étaient transformés en patinoire.

« Il ne manquait plus que ça ! » grommela Jacqueline.

Madeleine releva le col de son manteau et s'enhardit sur le trottoir. Elle avait à peine fait cinq pas qu'elle se sentit glisser en arrière. Elle tenta de se rattraper, en vain, et tomba lourdement.

À sa grande honte, elle se mit à pleurer. C'en était trop. Elle se battait depuis des mois pour parvenir à s'acquitter du loyer, elle était épuisée et avait dû essuyer les plaisanteries douteuses du « singe ». Assise sur le sol gelé, elle laissa couler ses larmes le long de son visage, sans même trouver la force de les essuyer. Pressée de rentrer, Jacqueline ne s'était même pas rendu compte de sa chute. Les autres se hâtaient chez eux sans lui prêter attention.

« Relève-toi, ma fille ! » s'exhorta Madeleine.

À cet instant, elle se sentit si seule que ses larmes redoublèrent.

Une main se tendit alors vers elle. Une main grande et large, qui fleurait bon le cuir.

— Venez, madame, déclara son bon Samaritain.

Son français était teinté d'un accent étranger.

Sans réfléchir, Madeleine saisit sa main et se releva.

— Merci, dit-elle, en tapotant son manteau.

Elle glissa à nouveau.

— Oh ! gémit-elle. J'ai l'impression que je n'y arriverai jamais !

— Venez, répéta l'inconnu, je vais vous ramener chez vous.

Il ajouta, avec un large sourire :

— Je tiens… c'est comme ça qu'on dit ?

Elle hocha la tête et se cramponna au bras qu'il lui offrait.

— C'est stupide, n'est-ce pas ? J'ai toujours eu peur du verglas.

Le froid était vif mais Madeleine ne le sentait plus. Au bras de l'inconnu, elle se savait en sécurité. Il marchait à grandes enjambées et elle le guidait en indiquant : « Tout droit », « À droite », « Il faut tourner à gauche ».

Lui ne parlait pas, attentif à ses pas et aux obstacles qu'ils pouvaient trouver en chemin.

— J'habite ici, précisa Madeleine lorsqu'ils eurent atteint sa rue.

Elle aperçut alors Antoine qui effectuait des glissades en compagnie de Maurice.

— C'est mon fils, dit-elle. Il va se charger de moi.

Antoine, cependant, ne paraissait pas pressé de lui venir en aide ! Madeleine sourit à l'inconnu.

— Merci beaucoup, lui dit-elle. Sans vous…

Il lui sourit à son tour.

— C'était un plaisir, répondit-il avec une gravité soudaine.

Brusquement, elle prit peur parce qu'ils ignoraient tout l'un de l'autre. Mais, cette fois, son fils l'avait rejointe.

— Ça va, maman ? Si tu savais comme on s'amuse !

— C'est bien, déclara-t-elle, un peu contrainte. Merci, répéta-t-elle à l'intention de l'inconnu avant de demander à son fils : « Tu veux bien m'amener jusqu'au pied de l'immeuble ? »

Elle se sentait un peu ridicule, mais cela n'avait guère d'importance.

Antoine l'entraîna vers leur logement et elle eut l'impression que son bon Samaritain s'évanouissait dans le brouillard.

« Tant pis ! » se dit-elle. Mais curieusement, l'envie de pleurer lui était passée.

On pouvait faire confiance à Balthazar Lormel pour se tenir informé. Et, ce qu'il ne lisait pas dans son quotidien, il en parlait le soir au café avec ses collègues. Aussi, le jour où Madeleine évoqua devant lui sa rencontre avec Djebraïël, un Arménien, il lui expliqua quel avait été le calvaire de ce peuple depuis 1915.

La jeune femme hocha la tête.

« J'ai cru comprendre, en effet, que sa famille et lui ont connu une véritable tragédie », acquiesça-t-elle.

Ils s'étaient revus deux jours après ce qu'elle nommait « le soir du verglas ». Il l'attendait non loin de l'usine. Adossé à un réverbère, il lui parut encore plus grand que l'avant-veille. Il ôta sa casquette pour la saluer, se présenta : « Je m'appelle Djebraïël Katchérian. »

Il l'avait raccompagnée chez elle et elle n'avait pas vu le temps passer. Au moment de prendre congé, il avait glissé : « J'aimerais qu'il y ait du verglas chaque soir », et elle avait protesté avec force. « Pour ça, non, alors ! Je suis incapable de marcher sur du verglas ! »

Elle ne comprenait pas pourquoi elle s'était tout de suite sentie en confiance avec lui.

« Ça ne durera pas », se dit-elle.

Ils avaient peu de choses en commun mais cela n'avait pas vraiment d'importance. Madeleine aimait à l'entendre raconter son pays, l'Arménie, avec une émotion contagieuse.

Elle lui parlait de Zélie et de son amour inconditionnel. Il était trop tôt pour évoquer Alexandre. D'ailleurs… ne convenait-il pas, non pas d'oublier le passé, mais de le garder en soi ?

1934

La journée serait belle, pensa Madeleine, en gravissant la Côte des Cordeliers. La cloche au bonhomme Jacquemart tinta, et elle songea à son père, mort trois mois auparavant.

Le vieil anarchiste avait bien précisé qu'il ne voulait pas de messe à l'église, ce qui avait désespéré Zélie. La vieille dame, toute voûtée, avait suivi le cortège à pied jusqu'au cimetière municipal puis s'était effondrée. Elle était restée quelques jours chez Madeleine avant de retourner dans sa maison.

« Tu es bien gentille, avait-elle dit à sa fille, mais je dois me raisonner. Et puis, vois-tu, chez moi, j'ai l'impression qu'il est encore là. »

Bouleversée, Madeleine avait serré sa mère contre elle, fort, avant de lui faire promettre qu'elle l'appellerait au moindre souci. Cependant, Madeleine ne se berçait guère d'illusions. Zélie était vaillante, et tenait à ne pas peser sur ses enfants. Comme si ceux-ci n'avaient pas eu envie de la gâter un peu !

Un lent sourire éclaira le visage de Madeleine. Depuis quelques années, elle avait l'impression que la roue avait tourné, qu'elle avait réapprivoisé le bonheur. Oh ! certes, elle n'était plus une toute jeune fille rêveuse et elle avait mis un certain temps avant d'oser croire à une nouvelle chance, à un nouvel amour. Djebraïël et elle avaient appris à mieux se connaître tout au long de l'année 1924 et elle avait découvert l'histoire et les traditions des réfugiés arméniens, dont elle ignorait tout.

Il lui avait déclaré dès leur troisième rencontre souhaiter l'épouser, et elle avait eu un mouvement de recul. « Seigneur ! Comment vous dire ? Nous ignorons tout l'un de l'autre… » Alors, pêle-mêle, elle lui avait confié être une mère célibataire et avoir un fils de seize ans, qu'il avait déjà entrevu. Sans baisser les yeux, d'ailleurs, comme pour le mettre au défi.

Il n'avait pas tourné les talons, s'était contenté de l'écouter sans mot dire. Quand elle s'était interrompue, il avait glissé : « J'ai toujours rêvé d'avoir un fils. » Et aussi : « J'aimerais vous inviter dimanche prochain. Nous pourrions aller nous promener le long de l'Isère. »

Elle avait accepté. En sa compagnie, elle se sentait protégée. En confiance.

Au fil des mois, elle avait compris qu'elle commençait à s'attacher à lui. Ce n'était pas l'amour fou, passionné qu'elle avait éprouvé pour Alexandre, mais un sentiment plus mûri, raisonné. Djebraïël était un homme fort, rassurant. Il avait tout perdu en Arménie et avait trouvé la force de construire une nouvelle vie en sauvant sa cousine et le jeune Andranik. Pour cette raison aussi, elle l'admirait. Elle l'avait invité chez ses parents au bout de six mois. Balthazar et lui avaient tout de suite sympathisé. N'était-ce pas logique ? Tous deux se battaient contre l'injustice. Zélie, de son côté, avait tenu à lui faire goûter ses meilleures ravioles. Djebraïël s'était régalé avant de lancer :

— Madame, vous devriez ouvrir un restaurant !

Zélie avait égrené un joli rire de jeune fille.

— Je suis trop âgée, monsieur Katchérian, mais je vous remercie beaucoup. Votre compliment me touche infiniment.

Madeleine, le cœur serré, avait pensé que Djebraïël avait plus d'affinités avec ses parents qu'Alexandre n'en avait jamais eu. L'homme venu d'Arménie était proche des ouvriers romanais. Alexandre, lui, n'avait pas eu le temps de faire ses preuves. Il était parti sur le front alors qu'il venait de fêter ses vingt-quatre ans. Il s'était battu, et avait été tué dans la fleur de l'âge. Avec le recul, elle avait l'impression qu'ils étaient tous deux terriblement jeunes.

« C'est un bon gars que tu as amené à la maison, avait commenté Balthazar. Sérieux et travailleur. »

Elle avait opiné du chef sans répondre. Il s'agissait de Djebraiël, l'homme avec qui elle envisageait de se marier, et elle n'avait pas besoin de l'approbation paternelle.

Au fur et à mesure des années écoulées, elle avait conquis une certaine indépendance. Elle en était la première surprise, si elle comparait son existence à celle de sa mère, ou de sa sœur aînée. Elle avait fait la connaissance de Méliné et d'Andranik, puis celle d'autres Arméniens, et avait ressenti comme un choc au creux de l'estomac en apprenant leur histoire. C'était Djebraiël qui s'était confié. Méliné, pour sa part, parlait peu, dans un français hésitant. Mais elle avait souri à Madeleine et avait préparé en son honneur du su-börek, des sortes de lasagnes au fromage et au persil.

Grâce au travail de Djebraiël, Méliné et Andranik mangeaient à leur faim.

Djebraiël avait entrepris de confectionner lui-même des chaussures pour le garçon comme pour sa cousine. Il l'exhortait à sortir de Romans.

« J'ai peur », avouait Méliné en baissant les yeux.

Elle redoutait aussi bien les étrangers les entourant que la misère. Parfois, elle se remémorait leur ferme, le cellier regorgeant de provisions, leurs têtes de bétail, et elle avait envie de pleurer. Aussitôt après, elle se reprochait cet apitoiement sur elle-même. Elle aurait donné tout ce qu'elle possédait, et plus encore, pour revoir les siens, se blottir contre son Grigor et leurs fils.

Parfois, Méliné se demandait pour quelle obscure raison elle avait survécu. Pourquoi elle ? Pourquoi pas Meyriem, qui avait toute la vie devant elle ?

Le plus difficile était peut-être de ne pouvoir se confier à personne. Qu'aurait-elle pu dire ? Que la vie lui paraissait insupportable ? Qu'elle avait l'impression de porter tous ses morts sur son dos et qu'elle n'en pouvait plus ?

Seul Djebraïël aurait pu comprendre, mais il était prêt à recommencer une nouvelle vie, et elle ne voulait pas l'empoisonner avec ses souvenirs. À trente-six ans, il était encore jeune. Elle, Méliné, était parvenue au bout du chemin. Heureusement, elle avait Aïda pour la soutenir. Sa voisine était devenue une amie. Elle l'avait entraînée jusque sur les quais de l'Isère, lui avait fait découvrir la collégiale Saint-Barnard.

Il ne s'agissait pas d'une église apostolique mais Méliné avait prié, et trouvé un certain apaisement dans la prière. Même si rien, jamais, ne pourrait apaiser son chagrin. Cependant, elle était convaincue que Djebraïël, lui, pouvait et devait refaire sa vie, bien qu'elle n'aimât guère cette expression. Il n'y avait plus d'avenir possible pour les Arméniens dans leur pays d'origine. La France leur tenait lieu de patrie, désormais.

Par la suite, elle avait apprécié le fait de pouvoir se rendre dans une salle transformée en lieu de culte où un prêtre itinérant venait réconforter les réfugiés. Elle devait avoir encore un rôle à jouer, se dit-elle. Accueillir Madeleine et son fils comme ses propres enfants. Et rester le ciment de leur famille. Celle des Katchérian de France.

Madeleine bifurqua à sa gauche pour emprunter la rue Mathieu de la Drôme, toujours animée.

« Tu viendras me retrouver devant la boulangerie », lui avait recommandé Djebraïël, et elle se demandait quel mystère se cachait derrière son petit sourire. Avait-il deviné son secret ? Zélie était la seule à le partager et avait réconforté sa fille lorsque celle-ci lui avait fait part de ses craintes. À quarante-trois ans, n'était-elle pas trop vieille ? Zélie avait eu ce délicieux sourire qui estompait ses rides.

« Oh ! ma chérie, cela devrait bien se passer. J'avais un peu plus de quarante ans quand tu es née et… regarde ! Nous ne nous portons pas trop mal, toi et moi. »

Elle posa discrètement la main sur son ventre à peine gonflé. Cet enfant-là serait légitime, Djebraïël et elle s'étant mariés en 1926. Comment réagirait Antoine, son Antoine, qui était devenu représentant en chaussures et sillonnait la région

au volant d'une Renault Monaquatre ? Il fréquentait une jeune fille de Lyon et tous deux souhai-
taient se marier l'été prochain. Ne serait-elle
pas un peu ridicule, à sept mois de grossesse, au
mariage de son fils ? s'interrogea Madeleine.

Elle haussa les épaules. Elle était en bonne
santé et avait envie de cet enfant. Comme un défi.
Et une preuve d'amour. Elle se sentait heureuse
depuis qu'elle avait épousé Djebraïël et cessé de
travailler en usine pour se consacrer à la couture.
C'était un vieux rêve que son mari l'avait aidée
à réaliser en lui aménageant un petit atelier au
rez-de-chaussée d'un immeuble de la rue des
Remparts Saint-Nicolas.

Les débuts avaient été difficiles, mais elle s'était
accrochée et, depuis cinq ans, elle s'était constitué une clientèle fidèle. Oui, elle pouvait se dire
heureuse.

À condition que tout se passe bien pour sa
grossesse.

Antoine consulta sa montre. Il était en retard,
il avait perdu du temps chez l'un de ses clients,
propriétaire de plusieurs magasins à Lyon. Il
accéléra, en songeant à Jeannette, sa fiancée. Il
aimait son travail, à cent lieues de ses années
d'apprentissage à Romans. Lui, ce qu'il aimait,
c'était trouver l'adéquation entre les goûts des
clients et la production des usines. Il aimait aussi
convaincre, et son expérience comme piqueur

et comme monteur lui était des plus utiles pour développer ses argumentaires. Il était en mesure d'expliquer pourquoi tels souliers, montés et piqués exclusivement à la main, seraient plus robustes, connaissait les différents types de cuirs utilisés.

Il aimait les belles chaussures, sans avoir aimé les fabriquer. Et, en tant que représentant, se sentait bien dans sa profession. De nouveau, il songea à Jeannette, ravissante avec ses cheveux châtains ondulés, ses yeux verts, et son petit nez retroussé. Elle aidait ses parents à tenir l'épicerie familiale et adorait aller danser le samedi soir. Il avait hâte de l'épouser et de l'emmener à Romans, là où étaient ses racines.

En attendant, il avait tout intérêt à se presser s'il ne voulait pas se faire tancer par Djebraiël. Il s'entendait bien avec son beau-père, qui l'avait aidé à faire comprendre à Madeleine qu'il ne serait jamais à sa place dans une usine. De plus, Djebraiël avait fait de sa mère une femme heureuse, ce qui était le plus important pour Antoine.

Il traversa le pont, gara sa Renault près de la collégiale et courut vers la rue Mathieu de la Drôme.

— Ah ! Tout de même !

Djebraiël faisait les cents pas dans l'une des rues les plus commerçantes de Romans. Il saisit Antoine par le bras, l'entraîna vers un café.

— J'ai dû laisser Madeleine en terrasse devant une grenadine, lui dit-il. Va vite la chercher et ramène-la-moi. Je devrais avoir ouvert depuis déjà un bon moment.

Les deux hommes échangèrent un coup d'œil complice.

— J'y vais ! acquiesça Antoine, s'élançant vers le café.

Il se sentait heureux, impatient aussi, de constater l'effet de leur surprise sur sa mère.

À vingt-six ans, il avait l'impression d'être devenu quelqu'un de bien. Le rejet de la famille Morrisset lui paraissait loin, à présent. Il s'était construit grâce à sa mère, à ses grands-parents et à Djebraïël. Sans les chapeliers de Bourg-de-Péage, qui n'avaient jamais voulu de lui.

Il esquissa un sourire en apercevant sa mère qui contemplait pensivement son verre de grenadine. Un élan d'amour le submergea. Madeleine était toujours belle, avec ses cheveux blonds légèrement crantés et son teint clair. Elle avait de l'allure dans son manteau en ratine bleu roi, qu'elle avait confectionné elle-même.

Il agita la main. Elle se leva.

« Antoine, quelle bonne surprise ! » s'écria-t-elle.

La mère et le fils s'étreignirent. Elle résista à la tentation de lui ébouriffer les cheveux… comme avant. « Ce bel homme est ton fils ! », se dit-elle, à la fois émue et fière.

Il l'entraîna vers la rue Mathieu de la Drôme.

— Je n'ai que peu de temps devant moi, maman, et je veux te montrer quelque chose.

Elle protesta pour la forme mais le suivit. Il marchait vite, en homme sachant où il se rend.

— Vas-tu m'expliquer ? s'impatienta Madeleine.

— Nous y sommes presque.

Elle se tordit la cheville, se raccrocha au bras de son fils. Elle reconnut alors son mari, debout sur le seuil d'un magasin. Que faisait-il donc là ? Il vint à leur rencontre. Prit la main de Madeleine.

— Regarde !

Elle leva la tête, lut au-dessus de la vitrine : « Les souliers de Madeleine. »

Elle relut une deuxième fois l'inscription, se tourna vers Djebraïël.

— Qu'est-ce que cela signifie ?

— Notre magasin ! déclara-t-il, le regard brillant.

— Notre magasin ? répéta-t-elle, incrédule. Comment est-ce possible ?

Il lui raconta, après l'avoir invitée à le suivre à l'intérieur. Partout, du bois clair, comme dans une échoppe d'autrefois, de belles affiches, représentant Cannes, Nice et Monte-Carlo. Une ode à l'évasion. Un comptoir délimitait la partie cordonnerie, la séparant du magasin où l'on vendait des chaussures. Les boîtes blanches, ornées d'un filet rouge magenta, s'étageaient sur les rayons.

— Oh ! s'écria Madeleine, émerveillée.

Antoine, qui était resté un peu en retrait, se rapprocha du couple.

— Pour toi, maman, dit-il en lui tendant un paquet enrubanné.

À l'intérieur de la boîte, Madeleine découvrit une paire d'escarpins qui lui arracha un cri d'admiration. En suède, couleur de flamme, ils étaient d'une élégance et d'une originalité rares.

— Ils sont… tout simplement merveilleux, murmura Madeleine, la bouche sèche.

Antoine sourit.

— Je t'avais promis, il y a déjà longtemps, de t'offrir les plus belles chaussures du monde. Je ne suis pas doué pour les fabriquer mais je savais exactement ce que je voulais. Et Djebraïël a réalisé mon rêve.

— Je ne trouve pas les mots, souffla Madeleine.

Elle éprouvait un étrange sentiment d'irréalité, tout en ayant bien conscience de ce qui se passait. Djebraïël avait désormais sa boutique ! Cordonnier et vendeur de chaussures… ses deux passions.

— Essaie-les, reprit Antoine, en posant les escarpins de suède rouge sur ses genoux.

Madeleine les caressa d'un doigt prudent.

— Ces chaussures sont si belles ! Je ne sais pas si j'oserai un jour les porter…

— Tu as tout intérêt, grommela Djebraïël. Des escarpins si beaux, entièrement confectionnés à la main. Leur valeur est inestimable…

— Pour moi, elle est avant tout sentimentale, glissa la jeune femme.

Rouges, comme la vie, qui poussait en elle. Merveilleux symbole pour elle qui s'interrogeait à propos de sa grossesse tardive.

Elle enlaça son mari et son fils.

— Quelle surprise, mes chéris ! Et située dans l'une des rues les plus fréquentées de Romans !

Djebraïël lui sourit avec une tendresse, un amour infinis. Le petit Arménien réfugié sans un sou avait réalisé son rêve. Et ce n'était pas fini ! Si les affaires marchaient bien, il s'agrandirait afin de vendre les créations de Madeleine. Il débordait de projets.

— Il faudra faire venir Méliné, reprit Madeleine, elle sera si heureuse. Et Andranik… l'aviez-vous mis au courant ?

— Bien sûr ! Il nous a aidés, pour installer l'électricité.

Le petit-fils de Méliné, électricien, travaillait désormais pour une entreprise valentinoise. Parfaitement intégré, il était fiancé à une modiste.

— C'est bien, reprit Madeleine.

Elle avait envie de rire et de pleurer en même temps. La vie vous réserve parfois de drôles de surprises ! L'épicier voisin vint les saluer et leur souhaiter bonne chance. Des passants s'arrêtèrent devant la vitrine. Madeleine leur décocha son plus beau sourire.

— Vous admirez mes souliers ? Il y en aura bientôt d'autres, promit-elle.

— Beaucoup d'autres, appuya Djebraiël, et tous deux échangèrent un sourire empreint d'amour et de confiance.

Table

Du même auteur :

La Forge au loup, Presses de la Cité, 2001
La Cour aux paons, Presses de la Cité, 2002
Le Bois de lune, Presses de la Cité, 2003
Le Maître ardoisier, Presses de la Cité, 2004
Les Tisserands de la licorne, Presses de la Cité, 2005
Le Vent de l'aube, Presses de la Cité, 2006
Les Chemins de garance, Presses de la Cité, 2007
La Figuière en héritage, Presses de la Cité, 2008
La Nuit de l'amandier, Presses de la Cité, 2009
La Combe aux oliviers, Presses de la Cité, 2010
Le Moulin des Sources, Calmann-Lévy, 2010
Le Mas des Tilleuls, Calmann-Lévy, 2011
Les Bateliers du Rhône, Presses de la Cité, 2012
Les Dames de Meuse, Omnibus, 2012
La Grange de Rochebrune, Calmann-Lévy, 2013
Retour au pays bleu, Calmann-Lévy, 2013
Romans de ma Provence, Omnibus, 2014
Le Fils maudit, Calmann-Lévy, 2014
Les Sentiers de l'exil, Calmann-Lévy, 2015
La Maison du Cap, Presses de la Cité, 2016
Le Maître du Castellar, Calmann-Lévy, 2017

Le Livre de Poche s'engage pour
l'environnement en réduisant
l'empreinte carbone de ses livres.
Celle de cet exemplaire est de :

250 g éq. CO$_2$

Rendez-vous sur
www.livredepoche-durable.fr

PAPIER À BASE DE
FIBRES CERTIFIÉES

Composition réalisée par Belle Page

Imprimé en France par CPI
en janvier 2018
N° d'impression : 3026371
Dépôt légal 1re publication : février 2018
LIBRAIRIE GÉNÉRALE FRANÇAISE
21, rue du Montparnasse - 75298 Paris Cedex 06